Enrico Ruggeri

W0384995

Non si può morire la notte di Natale

Baldini&Castoldi

www.bcdeditore.it

2ª EDIZIONE

© 2012 Baldini Castoldi Dalai *editore* S.p.A. - Milano
ISBN 978-88-6620-846-4

Pepe Nero

Questo libro è dedicato alle poche persone
che mi fanno venire voglia di essere migliore

Ci sono momenti in cui si ha veramente bisogno degli altri.
Se questo si ripete di frequente, si finisce per essere molesti e fuori luogo.
Per alcune cose sarebbe meglio non dover contare sull'aiuto altrui.

YAMAMOTO TSUNETOMO (1659-1719)

I

Mi vedo dall'alto. La testa riversa sul tavolo, la guancia sinistra appoggiata sulla tovaglia, come da bambino quando mi addormentavo in cucina e mia madre mi svestiva e mi metteva a letto, quasi incosciente. Però non sto dormendo. La mia tempia destra è sfondata da una pallottola, dalla bocca mi esce del sangue e ho una rivoltella in mano. Vorrei urlare e non ci riesco.

Non provo dolore. Solo angoscia e paura. E curiosità.

La scena lascia pochi dubbi: mi sono sparato. Eppure non ricordo di averlo fatto. Non mi viene in mente nessun motivo per cui avrei dovuto mettere fine alla mia vita. Non era perfetta, ma mi sembrava andasse abbastanza bene, meglio di quella di tante persone che conosco.

La pistola è mia. L'ho comprata, e registrata, quattro o cinque anni fa, spaventato da una rapina avvenuta nel palazzo a fianco. Avevo deciso di iscrivermi al poligono. Due telefonate poi, passata la paura, era venuta meno la voglia. La Beretta 98 FS era finita in un cassetto della scrivania, smontata.

A poco a poco metto un po' d'ordine. Le immagini riaffiorano.

C'è un abete addobbato, lo ha fatto Irina, la mia domestica. Ci sono delle candele accese.

È la notte del 24 dicembre.

E io sto morendo, o forse sono già morto.

L'immagine di me stesso si allontana. Tutto intorno c'è buio. Una luce sullo sfondo.

Torno indietro ad altri Natali. Tutti uguali, tutti belli e struggenti, almeno nel ricordo.

La preparazione cominciava con i pensierini scritti a scuola su fogli protocollo. Nei margini laterali la maestra ci faceva disegnare rami di agrifoglio, slitte, paesaggi innevati e soprattutto grotte, asinelli e pastori con al centro il Bambino Gesù. Io non ero molto bravo in disegno, mi limitavo a figure semplici.

Poi veniva la lettera con la lista dei regali, che mia mamma cercava di pilotare – lo capii anni dopo – verso ciò che aveva già comprato.

Alla cena dalla nonna c'erano sempre le stesse persone. Mio padre arrivava per ultimo con l'aria di chi ha fatto uno sforzo per esserci e per questo vorrebbe essere ringraziato. Prima di mangiare i grandi si scambiavano i loro regali. La mia firma compariva su tutti i biglietti, così, a ogni apertura di pacchetto, ricevevo un bacio. Trovavo terribile dover aspettare ancora tante ore prima di sapere se mi ero meritato i doni. Perché ogni anno succedeva che qualcuno, sgridandomi, mi minacciasse: «Quest'anno mi sa che Gesù Bambino non ti porta niente!» Poi, però, il Bambino arrivava, e faceva tappa anche da altre persone, amici di famiglia, che nel corso del pomeriggio del 25 e a Santo Stefano passavano dicendo: «È stato da me e ti ha lasciato questo». Io non capivo come Gesù potesse essere così preciso da distribuire i regali che voleva portarmi fra parenti e conoscenti. Senza contare che doveva ripetere la stessa operazione con tutti i bambini del mondo.

La casa della nonna era grande. C'era un profumo che non avrei sentito mai più, e un sacco di fotografie che guardavo e riguardavo. Il nonno era morto poco prima che io nascessi, ma in famiglia ne parlavano sempre. «Se fosse qui», dicevano, «quanto ti farebbe giocare.» E io pensavo che doveva essere bello lasciare un ricordo del genere.

La nonna aveva tre femmine. Mia madre Emma era l'unica che aveva avuto un figlio, le altre due, Virginia e Beatrice, avevano sempre vissuto insieme, in simbiosi. A sentir loro non si erano volute abbassare a quel compromesso che è il matrimonio. In fondo un bambino lo avevano lo stesso, io. «Abbiamo i vantaggi senza gli svantaggi», ripetevano. Era la loro dichiarazione di possesso nei miei confronti.

Sembrava non dovesse cambiare mai nulla, un Natale dopo l'altro. Gli stessi riti, le stesse abitudini, le stesse superstizioni, la stessa gente.

Poi è venuta l'adolescenza, ci sono stati i primi funerali – delle zie è rimasta solo Virginia, che ormai passa più tempo dai miei genitori che a casa sua – e l'appartamento della nonna è stato messo in vendita.

A ventotto anni mi sono sposato, sono arrivati i figli e tutto è ricominciato. Il tentativo era quello di ricreare il clima che avevo respirato da bambino. Una cosa, però, è subire affetto e felicità, diverso è organizzarli per gli altri secondo uno schema che in realtà è valido solo per te, con nuovi personaggi e con personaggi invecchiati che non sono più genitori ma nonni, a loro volta condizionati da una personalissima visione del passato.

E adesso sono accasciato su un tavolo con una pallottola in testa e una pistola in mano. L'immagine perfetta di un suicidio. Ma io non mi sono sparato.

Anche se ho la testa sfondata penso, ricordo, ragiono. Cerco di capire.

Perché io, a casa mia, la notte di Natale, non ero solo. Le persone più importanti della mia vita erano lì con me. Non ne mancava nessuna.

II

Devo ricostruire ogni istante, sperando di averne il tempo, e per farlo occorre che io parta dall'inizio. Da chi sono.

Mi chiamo Giorgio Sala. Forse dovrei dire «mi chiamavo», ma il fatto di essere in grado di pensare ed elaborare concetti mi spinge a usare il presente. Perché in qualche modo io esisto ancora. Magari da un momento all'altro verrò inghiottito dal buio che sento attorno a me, ma fino ad allora continuerò a riflettere sulla questione che mi assilla: hanno cercato di uccidermi? Mi hanno ucciso? Chi è stato?

Giorgio Sala è un nome che significa qualcosa. Sono famoso. Non una superstar, ma il mio volto lo conoscono tutti. Ho cinquant'anni e faccio l'attore da quando ero ragazzo. Sono bravo.

Ho cominciato con il teatro. Gli attori che possono dire, a ragione, «vengo dal teatro» esibiscono una specie di snobistico complesso di superiorità nei confronti degli altri. Perché oggi recitano tutti:

ex modelli, cantanti, concorrenti di reality, amanti di politici. Bisogna prendere le distanze. Naturalmente il grande pubblico mi conosce perché ho fatto la fiction. Una manciata di sceneggiati televisivi che mi hanno permesso di guadagnare più di dieci anni di tournée in cui ho portato in giro Shakespeare, Ionesco, Molière e perfino Čechov.

Non sono bello, però appartengo alla categoria degli «interessanti». Insomma piaccio alle donne, soprattutto dopo che quindici anni fa ho interpretato un romantico eroe del Risorgimento, un Carlo Pisacane sognatore e un po' cialtrone che muore sotto gli occhi di una bellissima ex valletta di Canale 5, poco convincente pasionaria pettoruta e amante della libertà.

Sono il tipo di uomo che migliora col tempo e con l'aumentare delle rughe. Possiedo una discreta cultura che non ostento ma della quale, a piccole dosi, mi avvalgo volentieri.

Rappresento il punto di riferimento, se non altro economico, di tutta la mia allargata e strana famiglia. I miei genitori sono ancora vivi, io sono separato e ho due figli che stanno con la madre.

Il maggiore l'ho chiamato Giorgio, come me. Mia moglie non voleva, e da bambino lo aveva già trasformato in Giò. Anche lui preferisce il diminutivo. Ha ventidue anni, è iscritto a una scuola di teatro e giura che lui la televisione non la farà mai. Dice che mi sono venduto e che ho «rinunciato alla creatività». Intanto, come tutti, spende i miei soldi.

Il secondo ha vent'anni. Si chiama Vittorio, come mio padre. Studia e recita. È meno polemico del fratello. Insomma, mi tratta un po' meglio.

È un paio d'anni che vogliono andare a vivere da soli e hanno messo gli occhi sull'appartamento della zia. Mi hanno chiesto più volte di convincerla a lasciare a loro quel ricettacolo di fotografie, suppellettili, cianfrusaglie di valore e non ingiallite dal tempo e dall'assenza di qualcuno che le viva; una delle tante richieste che da sempre mi piovono addosso. Il fatto che tutti dipendano da me non mi dispiace, preferisco essere dalla parte di quelli che sono in credito. Essere generosi è una cosa rassicurante, non devi mai ringraziare nessuno. E sono convinto che, in fondo in fondo, il microcosmo che mi ruota intorno sia consapevole che senza di me avrebbe una vita più difficile.

Lo sa anche Carola, la mia ex moglie, sebbene ripeta spesso, e pubblicamente, che le ho rovinato la vita. I soldi che le passo, dice, li considera un risarcimento per gli anni di solitudine, tradimenti e umiliazioni che le ho inflitto. A me sembra che esageri, ma il dibattimento al riguardo non è ancora concluso. Da quando ci siamo separati non abbiamo mai avuto un momento di amicizia o di umana solidarietà. Troppo rancore da parte sua per quello che è successo prima. Troppa delusione da parte mia per ciò che è accaduto dopo. Lo stupore per essermela trovata contro, così determinata, mi ha impedito di valutare serenamente le sue ragioni.

La sera del 24 dicembre, però, la trascorrevamo tutti insieme. Mia madre non ha mai accettato la fine del mio matrimonio, non ha mai voluto conoscere altre donne, ha sempre cercato di farmi sentire in colpa per avere lasciato i miei figli «senza un padre»: che almeno a Natale mostrassi un po' di rispetto. Così tutti gli anni si ripeteva questa messinscena. Sua sorella, la zia Virginia, fingeva addirittura di non sapere: «Ha tolto la fede», mi aveva fatto notare qualche anno fa indicando Carola. «Non le sta più, è un po' ingrassata», avevo replicato. «Basterebbe non toglierla mai», fu la sua acida conclusione.

Con il passare del tempo la situazione si faceva sempre più grottesca. I ragazzi, diventati grandi, non vedevano l'ora di tagliare la corda. Carola non faceva che dispensare sorrisi ai vecchi e sguardi indecifrabili a me. Mia madre e zia Virginia parlavano dei parenti morti, davano consigli senza senso ai ragazzi che pazientemente annuivano. Mio padre, invece, era capace di tacere per ore, immerso in un mondo a noi inaccessibile. A volte si illuminava ascoltando i miei figli, poi, all'improvviso, si alzava e si metteva a passeggiare per la stanza. Quando mia madre lo rimproverava, rinfacciandogli qualcosa accaduto un'ora o trent'anni prima, tornava a chiudersi in se stesso.

Da qualche anno ho ottenuto di fare la cena di Natale a casa mia. Per evitare di uscire pieno di pacchetti e tornare a casa con altri pacchetti. Inoltre mia madre non ci vede più tanto bene, e quando cucina sbaglia a dosare gli ingredienti. Non è mai stata una grande cuoca, adesso rischia di avvelenare gli ospiti.

A essere precisi qualche vigilia l'abbiamo trascorsa anche a casa di Carola. In realtà potrei di nuovo dire *a casa mia*, perché Carola e i ragazzi vivono nell'appartamento che ho comprato e arredato io. Quando ci siamo separati il giudice ha stabilito che «i minori, ove possibile, devono continuare a vivere nella stessa abitazione in cui sono cresciuti». Ed era possibile.

I primi tempi andavo e venivo da un residence, stavo con i ragazzi, senza limitazioni alle visite. Poi, una volta, non avevo resistito alla tentazione di aprire alcuni cassetti di mia moglie. Volevo vedere quanto la sua vita fosse cambiata, se aveva altre abitudini, se usava ancora la biancheria intima che a me piaceva tanto. E, non lo nego, volevo scoprire eventuali tracce di una nuova vita. In pratica se c'era qualcun altro. Carola se n'era accorta e mi aveva tolto le chiavi. Fu la dichiarazione di una guerra che non avrebbe previsto armistizi.

Mi cercai un'altra casa, e lo feci con la gioia e con l'entusiasmo di chi insegue una rivincita e la propria salvezza. Non vedevo l'ora, se Natale doveva essere, di viverlo da me. Sarebbero stati gli altri a dovermi raggiungere. Gli altri a dover chiedere «Permesso?»

Alla cena ci avrebbe pensato Irina. Si è sempre occupata di me con gioia perché mi vede in televisione, e lei va matta per la televisione, in particolare per i reality show. Ormai è più italiana di un italiano, perfino nell'intolleranza verso gli extracomunitari.

Anche l'ultima volta ha preparato tutto lei. A metà pomeriggio si sono presentati mia madre, zia Virginia e mio padre. Le donne avranno cercato di aiutarla facendo più che altro confusione. Papà si sarà seduto sulla mia poltrona, in silenzio, a fissare il vuoto. Poi sono arrivati i ragazzi e più tardi Carola. Per ultimo io. Avevo un paio di appuntamenti, uno di lavoro e uno che, data la ricorrenza, preferisco definire sentimentale. Nel «vado a farmi una doccia e sono con voi» ci ho messo una punta di malizia, abbastanza calcata perché si cogliesse.

I miei parenti sono tutti lì. Ma aspettiamo ancora qualcuno.

III

Sono riapparso in salotto alle sette e mezzo. Subito avevo indossato una camicia chiara, ma guardandomi nello specchio del bagno mi era sembrata troppo attillata. Mi ingrassava. Così ho ripiegato sul grigio, con una cravatta tenuta un po' allentata. Volevo apparire in forma.

La zia Virginia, impettita come sempre, è seduta sul divano. Ha già conquistato la prima fila. Il suo portamento austero non riesce a nascondere del tutto la sua infantile impazienza.

La mia ex moglie, naturalmente, sovrintende agli ultimi preparativi muovendosi per la casa – la mia casa, che mia madre si ostina a chiamare studio – con una familiarità da lasciare a bocca aperta. Non c'è niente da fare, in questo gioco Carola è imbattibile.

«Stia seduta, lasci fare a me», dice a mia madre togliendole dei tovaglioli di mano.

«Sei mia nuora da più di vent'anni e ancora non mi dai del tu», è la risposta.

Perfetto. Tutto secondo il copione.

Intanto i cellulari non smettono di squillare. In particolare quelli dei miei figli.

Giò si intrattiene con i suoi amici incurante degli altri, mentre Vittorio, come sempre, è più discreto. Chiudendo in fretta le conversazioni con una frase tipo: «Adesso non posso sono da mio padre». E quel «sono da mio padre» gli esce con un tono perfino gentile. Carola riceve una pioggia di auguri. Il suo viso si illumina di continuo, parla ad alta voce, ride. Il messaggio è chiaro: «Hai visto quanta gente mi vuole bene e mi trova simpatica e interessante?» Il suo è un lavoro di pubbliche relazioni. Organizza eventi, mostre, promozioni… Non lo so di preciso. Confesso che le poche informazioni al riguardo le ho domandate, fingendomi distratto, ai miei figli, e non a lei.

Io rispondo di rado al cellulare: solo ai numeri che ho in memoria e non a tutti. Non mi piace parlare al telefono quando sono in compagnia. Un po' è una questione di educazione, un po' non voglio perdermi quello che succede intorno a me. È che vorrei sempre essere io a scrivere il copione, a controllarlo, a gestirlo. Conosco le persone che mi circondano, so prevedere le loro mosse, i loro discorsi, le loro reazioni, e la cosa mi dà sicurezza. Per questo non amo molto gli animali, perché agiscono in base a meccanismi che mi sfuggono.

Il telefono di Carola squilla per l'ennesima volta.

«Dove siete? Sì il citofono è G.S. Al quarto piano. Dai che mancate solo voi.»

Al mio sguardo interrogativo non risponde. Parla a tutti.

«Stanno salendo Barbara e Massimo.»

«Hai invitato qualcun altro a casa mia?» mi permisi di sibilare.

«Erano da soli, sono così simpatici.» Di nuovo non è a me che si sta rivolgendo. «Se la ricorda Barbara, signora? Quella mia amica tanto carina... Aveva voglia di vedere i ragazzi.»

La versione ufficiale è che Barbara è la migliore amica di Carola. In realtà è la sua assistente. Ha una decina di anni meno di lei. Io la chiamo «Lo scudiero», perché il loro non è un rapporto paritario. Barbara ammira il suo mentore e accorre a ogni sua chiamata, accontentandosi, addirittura godendo, di un'affettuosa subordinazione; è possibile che le voglia sinceramente bene, ma io rimango convinto che la vera amicizia si muova su basi diverse. È fidanzata con Massimo da sempre, li ho conosciuti che stavano già insieme. Lui è più vecchio di lei, ed è quello che mia madre definisce «un bravo ragazzo», e mio padre chiamerebbe, se mai si degnasse di esprimere un parere, «un buon diavolo». Lei non lo tratta benissimo, forse ritiene di fare una figura migliore con Carola essendo ironica e caustica con il proprio uomo. Lui sorride, abbozza, usa uno spirito un po' ermetico e dimostra signorile sopportazione.

Se qualcuno deve arrivare per forza, che sia Massimo mi va bene. Parlare con lui mi concederà la possibilità di rilassarmi un attimo, di abbassare la guardia su quel ring di rapporti complicati che è il mio salotto.

«Scusate, ma il nostro esploratore non trovava la strada», dice Barbara entrando.

Massimo sorride. «Veramente ci siamo persi da quando hai cominciato a guidarmi tu.»

Poi si rivolge a me ed elargisce una delle sue battute.

«Il Natale è il giorno più bello dell'anno perché è il giorno più lontano dal Natale successivo.»

«Questa la mando subito ai miei amici», approva Giò.

Dopo ricordo che abbiamo cominciato a bere, ma a poco a poco i contorni della scena si fanno meno definiti, si sovrappongono. Carola diventa mia madre, mio padre ride, scherza, ha quarant'anni e non ottantadue. La casa torna a essere quella di quando ero bambino, il tavolo è più alto... Ecco la nonna, ma ci sono anche i miei figli... Siamo sul palcoscenico. C'è una grande confusione. Una luce di fronte e voci che arrivano da sopra la mia testa. Sto precipitando in un baratro o sto risalendo da un tunnel?

Voglio ricordare, voglio restare attaccato al mondo, al mio mondo che in qualche modo mi sfugge dalle mani.

Sento dei suoni, sagome e spettri mi guardano e si allontanano. I vivi e i morti danzano assieme, in un'alternanza di corpi e anime.

È la fine di tutto o l'inizio di qualcosa?

IV

Sento dolore. Un dolore forte. Le voci sono ancora un lieve sottofondo. Ma il pensiero arriva alla mia testa dal mio corpo. Sono rientrato dentro me stesso.

Sono sdraiato, non riesco a muovermi, ma sono vivo. Ci sono persone nella stanza, una stanza che non ho mai visto. Qualcuno mi parla, il suo tono ha qualcosa di monotono.

Riprendo coscienza un attimo, poi tutto svanisce di nuovo. È così per un po'. Cerco di pensare, di concentrarmi ma non ci riesco.

Ogni volta, però, è un po' meglio. Ogni volta salgo a fatica un piccolo gradino.

Capisco che sono vivo, capisco che sono in ospedale. Devo essere stato in coma. Di tanto in tanto volti sconosciuti mi spostano, mi cambiano di posizione, mi massaggiano, mi infilano aghi e discutono di me.

Passa il tempo e non sono in grado di misurarlo.

Finalmente riconosco una persona. Mia madre.

È seduta a fianco del letto, mi guarda, mi dice qualcosa. In piedi c'è zia Virginia.

Cerco di rompere il silenzio. Ma dalla mia gola esce un suono che non riconosco. Un rantolo che arriva dal profondo, una bifonia metà gutturale e metà in falsetto.

Una delle mie qualità migliori era la voce, calda e profonda. Il verso che ho sentito mi fa orrore.

Riprovo. Vorrei parlare, vorrei chiedere cos'è successo, ma produco di nuovo quel terribile suono. Adesso sì che vorrei morire. Lo prometto a me stesso: nessuno lo sentirà mai più. Riproverò, ma solo quando avrò la certezza di essere solo.

Ormai ragiono con continuità, e temo non sia un vantaggio. È chiaro che la mia esistenza non sarà più come prima. La voce non è l'unico problema.

La testa è ancora fasciata, sono stato operato più di una volta, ma nessuno mi ha mai portato uno specchio. E non riesco a muovermi. Ogni giorno arrivano due tizi e mi fanno fare degli esercizi. In pratica afferrano il mio corpo e cercano di restituirgli vita. Mi dicono di collaborare. Io li lascio fare e non li ascolto.

Due volte al giorno è prevista la visita dei parenti. E a turno si presentano tutti. Le più assidue sono mia madre e zia Virginia. Entrano, mettono a posto la stanza, mi parlano cercando, a modo loro, di spronarmi.

«Da bravo, devi reagire.»

Poi si raccontano aneddoti più o meno irritanti.

La zia si lamenta del tassista villano, dei condomini, delle code in macelleria.

Per lei «villano» è un insulto molto grave. Significa non sei nato come me, non hai la mia educazione, non hai la mia cultura, non sei alla mia altezza.

Lei e la mamma sono fatte così, con gli anni non possono che peggiorare. Sono di buona famiglia.

Loro padre, mio nonno, era un militare, cosa che prima della guerra voleva dire rispetto, privilegi, senso della gerarchia e snobismo sociale.

Dal '45, naturalmente, è cambiato tutto, il nonno è diventato un rimasuglio anacronistico di un mondo che non esisteva più. Le tre figlie hanno dovuto mettere a frutto la laurea in lettere, presa più che altro per vezzo. Tutte professoresse. Tutte piene di rancore per un nuovo mondo abitato da cafoni e da arricchiti. Da villani. Il progresso è stato, ai loro occhi, solo foriero di volgarità.

Più mite mia madre, più altezzosa la zia, sono entrambe figlie di una mentalità che si è calcificata con gli anni. È normale che non entrino mai nel vivo della questione. Non si parla di certe cose. Però se nessuna delle due mi ha sparato e messo in mano la pistola, almeno una volta avrebbero dovuto chiedermi qualcosa. Qualcosa tipo: «Perché l'hai fatto?»

Invece niente.

Silenzio pure da parte di mio padre. Lui viene più raramente e si chiude nei suoi pensieri, indifferente a tutto. Come sempre è concentrato su se stesso, sul mondo che si è costruito.

Carola passa a trovarmi saltuariamente, sempre con Barbara, che ogni tanto si porta anche Massimo. Si rivolge a me molto di rado – quel misto di odio e imbarazzo non si è attenuato – e non fa mai cenno a ciò che è accaduto. Eppure ha una meravigliosa vittoria da assaporare: lei vitale, carina, simpatica e io, l'uomo che l'ha fatta soffrire, muto, paralitico e sfigurato. Immaginavo che per lei dovesse essere meraviglioso. Tuttavia, sembrava più preoccupata di essere gentile con i dottori che non della mia salute. Anche questo è abbastanza naturale.

Qualcosa di meglio me l'aspettavo dai miei figli. Mi parlano, ma anche loro non toccano mai l'argomento «incidente».

Giò come sempre è più sbrigativo. Mi tiene aggiornato sulla cronaca, sulla politica, e anche sulle sue prospettive di lavoro.

«Tanto non puoi fare altro che ascoltarmi», è stata la stilettata che mi ha rifilato più di una volta.

La prima carezza e il primo bacio me li ha dati Vittorio. Anche lui comincia a farsi strada.

Quelli dell'ambiente teatrale li stanno aiutando entrambi.

«Per fare bella figura», dice Giò.

«Sono molto gentili, evidentemente c'è chi ti vuole bene», è stato il commento, più civile, di Vittorio.

Carola ha anche avuto la pessima idea di portare qualche collega al mio capezzale.

È stata una cosa stucchevole. Mi hanno trattato come un bambino che commette una marachella, riempiendomi di complimenti che mai mi avevano fatto (e che mai mi avrebbero fatto se non fosse successo quello che è successo) e avventurandosi in maldestre uscite su «tempi di recupero» e «voglia di reagire».

Mi ha salvato Giò da questo supplizio.

Cominciavo a muovere una mano. Allora lui ha preso un coltello di plastica, me lo ha infilato fra le dita e mi ha detto: «Ho l'impressione che la gente che ti porta mamma ti dia fastidio. Se non vuoi più vederli fallo cadere».

Se avessi potuto, quel coltellino bianco lo avrei scagliato contro il muro. Ma ho potuto solo lasciare la presa con un ringhio, cercando di trasmettere al mio gesto impacciato tutta la rabbia che potevo.

Lui si è rivolto alla madre, che per una volta era venuta con i figli: «Da oggi qua entriamo solo noi. Niente cazzari».

«Va bene», ha brontolato Carola. «Credevo di tirargli su il morale. E poi stiamo parlando di grandi professionisti. Che, tra l'altro, potrebbero essere utili per il vostro lavoro.»

Qualche miglioramento c'è. La mente è lucidissima.

Penso sempre alla stessa cosa: «Chi è stato? Che cosa è successo veramente?»

Nessuno dice niente che possa aiutarmi.

Il mio carnefice è uno di loro. È una delle persone che vengono a trovarmi. Mi parla e mi imbocca, chiede di me ai dottori e poi, tranquillo, se ne torna a casa.

Così io osservo, cerco di cogliere una sfumatura, uno sguardo, un gesto sbagliato.

Si sente al sicuro? Sta aspettando l'occasione per finire l'opera? Oppure mi odia talmente da ritenersi perfino più soddisfatto di questo esito, per certi versi ben peggiore della morte? E poi altre domande più tecniche. Come ha fatto a rimanere da solo con me? Di sicuro mi ha addormentato in qualche modo. E ancora: possibile che nessuno abbia visto nulla? Chi mi ha trovato?

Devo ricordare tutto di quella notte. Ordinarne ogni istante secondo un criterio logico. È stato il punto di svolta della mia esistenza. Ma qualcuno dovrebbe aiutarmi. Deve esserci qualcuno che, silenziosamente, è alle prese con le mie stesse domande.

V

Muovo le mani un po' meglio, ma non cammino e non parlo: la tracheotomia mi ha leso le corde vocali. I dottori non hanno le idee chiare su di me. Usano la parola di miracolo, perché sono pochi i sopravvissuti a una pallottola nella tempia.

«Una parte della neurologia resta un mistero», mi ha detto un fisioterapista.

Qualche infermiera si lascia andare, forse pensando che sia anche sordo, o quasi. Invece ci sento benissimo.

«Chissà perché l'ha fatto? Un bell'uomo come lui, di successo, con una bella moglie e due figli meravigliosi», ha sussurrato la caposala a una collega. Nemmeno loro accettano il mio divorzio?

Un giorno mi sollevano di peso e mi mettono su una sedia a rotelle. Rimango lì.

Arrivano i miei figli.

«Vuoi fare una passeggiata nel corridoio?» mi domandano.

Scuoto per quello che posso la testa. Non voglio

che nessuno mi veda. Mi è già successo di essere trasportato fuori dalla stanza per fare analisi o radiografie, e ho avvertito gli sguardi della gente, ho capito cosa pensavano, ho intuito i loro discorsi e la loro commiserazione.

Si siedono davanti a me.

«Dobbiamo darti una notizia. Una buona notizia. Domani ti portiamo a casa.»

La notte non dormo. Per qualche ora non penso alle mie «indagini». Cerco di immaginare la mia vita non autosufficiente. Mi vengono in mente cento cose pratiche che non sarei in grado di fare. E poche soluzioni. Ho bisogno di qualcuno che mi aiuti, e questa esigenza genera in me prostrazione.

Perché la cosa che odio di più è chiedere.

L'ho già detto, io mi sento tranquillo solo quando sono in credito. Ho sempre seguito questo principio. Digerisco il fatto di passare dei soldi alla mia ex moglie perché spero che, di tanto in tanto, si trovi costretta a considerare che il suo gradevole tenore di vita è determinato in gran parte dal mio denaro.

Essere generoso mi ha sempre dato piacere, così come non avere dovuto mai dire «grazie» sul serio. Adesso è tutto finito. Sono condannato a dipendere dagli altri.

Lascio l'ospedale da un'uscita secondaria perché davanti ci sono dei fotografi.

«Gli altri saranno sotto casa mia», penso.

Forse è così, ma non lo saprò mai, perché non mi portano a casa mia.

«Non puoi andare a casa, almeno per ora», mi dice Giò. «Ti portiamo dalla mamma. Avrai la stanza di Vittorio, tanto io e lui non ci siamo quasi mai, e raramente tutti e due insieme. In ogni caso, a ranghi completi ci adatteremo. E poi l'appartamento delle zie è sempre lì.»

È troppo. Sono in questo stato perché qualcuno ha simulato il mio suicidio, ora mi portano in un posto da cui sono stato cacciato e non posso fare nulla.

Sì che vorrei morire, adesso.

Ma non sono neanche in grado di buttarmi dalla finestra.

Devo capire chi mi ha inflitto questa condanna. E perché.

Il fatto che Carola abbia deciso di accogliermi mi stupisce.

Negli ultimi tempi ho pensato spesso a lei come alla probabile colpevole: è quella che ha più motivi di tutti per odiarmi, o quanto meno crede di averne, che è la stessa cosa.

La sua scelta è sorprendente: lei che cerca di non parlarmi, che preferisce i messaggi alle telefonate, che mi detesta perché le ricordo momenti troppo belli (pochi) o troppo brutti (la maggioranza) si offre di ospitarmi in quella che considera casa sua. Vuole forse completare la sua vendetta? O le faccio pena?

Fra le due ipotesi non so quale sia la peggiore.

Anche nelle tragedie, però, c'è una legge di compensazione, per quanto non sempre equa.

Quando entro in quella che è stata casa mia, mi viene incontro Irina.

In ospedale l'avevo vista solo tre o quattro volte, pensavo perfino avesse trovato un altro lavoro.

«Bado io te, signor Giorgio.»

Carola mi saluta con un sorriso di circostanza e si siede davanti alla televisione.

«Irina, chiamami se hai bisogno di qualcosa», dice.

Ma Irina non ha bisogno di niente. Irina sa esattamente quello che deve fare.

La stanza è stata adattata alle mie esigenze. Accanto al letto ci sono due poltrone, una un po' più grande dell'altra.

La sedia a rotelle me la sono portata io, o meglio, ci sto già sopra.

Davanti al letto, un tavolino con una piccola televisione.

La camera è nella zona giorno. Era nata come stanza per la domestica, poi Vittorio se n'era appropriato per poter ascoltare la musica senza svegliare fratello e madre.

«Se non altro, sono lontano dalla camera da letto di Carola», penso.

«Alle otto di mattina io vengo e alle dieci di sera io vado via. La signora Carola paga anche lo straordinario. Ha affittato la casa tua a Romanelli, quello della televisione.»

Dovevo aspettarmelo. Soldi che entrano e badante per me, che guadagna più di prima... tutti più buoni, tutti soddisfatti.

Sono nella mia stanza, ancora sulla sedia a rotelle. Guardo Irina. È una donna massiccia, ricorda certe atlete dell'Est degli anni Settanta, bella in viso e sbrigativa nei movimenti e nel portamento. È abituata alla vita dura, alla sofferenza, alla fatica.

A volte mi parlava dell'Ucraina, il suo Paese, di un suo figlio che studia, di come si è ambientata qui a Milano. Prima, quando capitava, mi distraevo o rispondevo tagliando corto. Adesso avrà modo di farsi ascoltare.

Viene da un mondo contadino, ha un rapporto diverso dal mio con il dolore e con la morte.

Le piace l'Italia, guarda la televisione, ha assorbito ogni nostra miseria culturale, ammira le belle donne eleganti dei rotocalchi. Ma rimane legata a valori che sono scritti nel suo DNA. Fa grandi sforzi per parlare la nostra lingua in modo corretto. E nonostante qualche bizzarria sintattica e grammaticale, come una certa ossessione per i pronomi personali, se la cava.

«Io non credo che tu ti sei sparato signor Giorgio. Tu sei famoso, tu sei ricco, tu piaci alle donne, i tuoi figli sono ragazzi belli e bravi. Scusa se parlo, ma tu sei troppo intelligente. Dimmi che tu non l'hai fatto.»

Faccio segno di no con la testa.

«Tu sai chi è stato?»

Scuoto di nuovo la testa, più forte che posso.

Lei si avvicina, accosta la bocca al mio orecchio.

«Io ti aiuto a sapere. Ascolto in giro e ti racconto.»

Ho trovato la mia assistente. Coraggio, Watson, sono nelle tue mani.

I primi giorni sono i più duri.

Il tempo non passa mai. Rimango ore e ore davanti alla televisione, con il telecomando in mano.

La mia esistenza si articola tra la sedia a rotelle e la poltrona. Due volte alla settimana faccio fisioterapia.

Alle sette sono già sveglio, aspetto Irina con ansia perché non voglio chiedere niente agli altri, soprattutto a Carola. Lei mi aiuta a lavarmi, a fare la pipì, a fare tutto.

Non mostra alcun fastidio, come fosse la cosa più naturale del mondo. Riesce a rendere meno pesante l'umiliazione.

Mi aiuta a mangiare, capisce quando voglio compagnia e quando è meglio lasciarmi solo. Da un certo punto del pomeriggio smetto di bere: la pipì delle dieci deve essere l'ultima. A costo di farmi esplodere la vescica resisto fino alla mattina dopo.

I miei figli vengono a trovarmi abbastanza spesso, compatibilmente con i loro impegni.

Dopo qualche giorno lo schema mi è chiaro.

Carola passa pochissimo tempo a casa, ma non esce presto: mai prima delle dieci.

Quando c'è si muove per le stanze come una persona che è sempre in ritardo. Attraversa il corridoio, torna indietro, si cambia un paio di volte, spesso chiama l'ascensore e poi rientra, perché si è dimenticata qualcosa. A pranzo c'è di rado.

Dopo una ventina di giorni dal mio arrivo ecco una novità.

«Stasera io rimango qui a dormire», mi annuncia Irina. «La signora Carola va via per lavoro.»

In breve i «via per lavoro» si fanno più frequenti, e si sommano a quasi tutti i weekend.

Eppure la solitudine vera, quella che ti permette di andare dove ti pare e fare ciò che ti viene in mente attimo dopo attimo, è solo un meraviglioso ricordo.

Quando ci sono le partite di calcio Giò e Vittorio, o almeno uno dei due, mi portano in salotto.

Lo fanno senza neanche chiedermelo, ma mi fa

piacere, al punto che collaboro come posso al cambio poltrona-sedia a rotelle.

Una volta i calciatori mi sembravano tutti più vecchi di me, perché fino all'anno scorso li guardavo con gli occhi del bambino entusiasta che colleziona figurine.

Adesso è più difficile ritrovare quello stato di grazia.

Sì, non camminerò più anche perché non saprei dove andare. Il mio orizzonte, ormai, è questa prigione, dove sono ospite della persona che più mi detesta al mondo. La persona che rappresenta un passato con cui ho sempre rifiutato di fare i conti. Adesso che ho tempo, però, posso rileggerlo, quel passato. Forse così riuscirò a capire se è stata lei a compiere il gesto che ha sancito la mia condanna, e perché. Carola…

VI

Quando l'ho conosciuta era bellissima.

Non aveva ancora vent'anni e tutti le facevano la corte. Io avevo sei anni di più ed ero molto sicuro di me, anche troppo.

In teatro ero considerato il miglior attore giovane, e vantavo già parti importanti in tre pellicole quasi d'autore e quasi di successo. La giusta miscela per non essere eccessivamente snob e non sputtanarsi.

Ci eravamo incontrati a una festa; avevo chiesto chi fosse, preso informazioni. Il giorno dopo ero a casa sua con Roberto, il mio compagno di avventure. Un gelato, niente di più. Poi cominciai a telefonarle con assiduità. Ci sapevo fare. Non sono mai stato bravo ad attaccare bottone con una sconosciuta, non ho mai rimorchiato in discoteca, ma superato l'intoppo delle presentazioni, se una mi piaceva non le lasciavo scampo. Senza fretta, con garbo, senza pressare mi rendevo indispensabile.

«Ieri non mi hai telefonato, mi sei mancato», era la dichiarazione di resa che amavo sentire.

Mai domande inquisitorie sul passato: quando una donna si sente giudicata alza le difese.

Peraltro il passato di Carola era circoscritto ai fidanzatini del liceo, e questo mi intrigava molto.

Non ne ero innamorato, ma la ritenevo perfetta per me.

Avevo altre storie, ogni tanto sparivo per qualche giorno, ma appena temevo che lei potesse vedere qualcuno tornavo a segnare il territorio. Gli amici mi invidiavano, e l'invidia è un'ottima vitamina per una storia d'amore.

Dopo una tournée teatrale in cui mi accorsi che non mi dispiaceva vederla tra le quinte, pensai che potevo chiudere con il mio periodo «maledetto».

Si legò a me in modo incondizionato. Tra l'altro era figlia unica, aveva perso la madre due anni prima di conoscermi ed era ancora sconvolta dal fatto che suo padre aveva cominciato a frequentare un'altra donna.

Era totalmente soggiogata: leggeva quello che leggevo io, ascoltava la musica che le consigliavo io, si sentiva in «perfetta sintonia» con me.

Ero troppo presuntuoso e concentrato su me stesso per capire che quello che definivamo empatia era semplice plagio e non stimolo reciproco.

L'affinità elettiva nasce *prima* di un amore, non *in conseguenza*.

Non c'era da parte mia un trasporto di quelli

che fanno soffrire, ma mi sembrava che provare un sentimento mi rendesse migliore, anche meno inquieto. Così non feci nulla perché lei non rimanesse incinta.

Ci sposammo e sei mesi dopo arrivò Giorgio Junior. Il nome fu un altro errore: né la madre né il figlio me l'hanno mai perdonato.

I primi mesi da padre furono fantastici. Come quasi tutti gli uomini mi prendevo il meglio e lasciavo a mia moglie il lavoro sporco. Temo di averlo fatto anche negli anni successivi, forse sempre. Era fantastico tornare a casa e vedere due volti, quello di Carola e quello del bambino, che si illuminavano, ed era altrettanto fantastico ripartire.

Lei non poteva più seguirmi, e io ricominciavo ad assaporare il piacere della vita da single abbinato alle gioie familiari. La classica ingordigia emozionale.

Le cose migliorarono ancora: due anni dopo arrivò il secondo figlio, che chiamo Vittorio come mio padre.

Un padre è sempre un padre, anche quando è un tipo particolare come il mio. Mi sembrava un bel gesto nobile, ma non fu apprezzato come mi sarei aspettato.

Poi tutto precipitò. Lei non ce la faceva più, si sentiva sfruttata, in un batter d'occhio si trasformò in vittima consapevole.

Suo padre se ne era andato in Brasile con la nuova compagna.

I due uomini più importanti della sua vita l'avevano delusa, l'uno violando così frettolosamente la memoria della madre, l'altro perché troppo concentrato su se stesso.

«Sono sempre sola», ripeteva. «E poi si vede che quando entri in casa ti si spegne la luce dagli occhi.»

Forse era vero. E i motivi per cui ciò accadesse non mancavano.

Avevo preso a frequentare un'altra persona. Una donna di Firenze. Mi raggiungeva quando glielo chiedevo e il giorno dopo se ne tornava a casa.

Poi iniziò a presentarsi a sorpresa, prima nei teatri e sul set, infine a Milano.

Mi spaventai, litigai. Tornavo a casa nervoso, discutevo anche con Carola. Scattò un processo inverso rispetto a prima: non volevo uscire da casa e non volevo rientrare.

Tutti gli attori in quella commedia di terz'ordine stavano male.

L'altra perse il controllo, iniziò a minacciarmi. A casa arrivavano telefonate mute.

Decisi allora di porre fine alla dolorosa e complicata deviazione dal copione che avevo scritto per tutti.

Affrontai Carola e le raccontai tutto. A caldo mi perdonò, ma pochi giorni dopo esplose.

Si svegliava la notte insultandomi, quando ero fuori casa mi chiamava a qualsiasi ora. Cominciò a trasformarsi morfologicamente: dimagriva, ingrassava, perdeva i capelli. Litigava con i miei amici che considerava congiurati ai suoi danni.

Poi vennero le ispezioni alla biancheria quando rientravo tardi, il telefonino scandagliato... Era un crescendo infinito.

Me ne andai. Mi chiusi in un residence e schiacciai reset all.

Are you sure? Yes!

Ci ripromettemmo di non far ricadere sui figli i nostri errori.

Passavo da casa quando volevo, stavo con i bambini, non facevo questioni di denaro.

Ma nel giro di pochi mesi capii che il suo odio era incondizionato tanto quanto era stato incondizionato il suo amore. Cominciò a spendere come non mai, per spregio e per nevrosi. Non mi dava neanche la soddisfazione di sentirmi generoso.

Senza rendercene conto ci infilammo in un reciproco vortice di miserie e dispetti, tra carte di credito bloccate, avvocati e discussioni su mobili e chincaglierie varie.

Gli amici si divisero in due partiti: i maschi dalla mia parte, le loro compagne dalla sua. E i loro gesti di solidarietà erano benzina sul fuoco. Non potevamo più tornare indietro.

Formalmente i figli restavano fuori da questa battaglia senza tregua, in realtà si rendevano conto perfettamente di quanto stava accadendo.

Quando a tre anni dall'inizio dell'ostilità capii che lei cominciava a uscire e a frequentare persone che non conoscevo, feci quella sciocchezza di aprire qualche cassetto per dare un'occhiata. Lei se ne accorse, si fece restituire le chiavi di casa e io diventai uno dei tanti padri che ritirano i figli in portineria e a orari stabiliti li riconsegnano dopo un pomeriggio passato a ricucire maldestramente uno strappo con lo zucchero filato comprato alle giostre.

Da allora sono trascorsi molti anni e non è cambiato granché. Sì, il rancore è aumentato da parte di entrambi, ma con due figli in comune non potevamo dimenticarci l'uno dell'altro. Anzi, più i ragazzi crescevano, più aumentavano i problemi da risolvere insieme.

Carola mi chiamava solo per le brutte notizie. Bastava una nota sul diario e la guerra ricominciava: «Sai cos'ha fatto *tuo* figlio?» E poi una litania sull'assenza della figura paterna.

A lei, certo, spettava la parte più difficile, castigare e proibire, mentre io, un po' vilmente, cercavo di sgridarli facendoli ridere; un tipico errore del genitore-amico. Del resto mica potevo prenderli a sberle appena saliti in macchina.

L'ansia di conquistare il loro affetto era amplificata dalla voglia di dimostrarmi migliore di chi nel frattempo, immaginavo, veniva a casa mia, si sedeva sul mio divano e magari occupava il mio posto a tavola.

Quando dovevo mandare i soldi a Carola l'unica cosa che mi infastidiva davvero era il pensiero che una parte di questi potesse essere usata per comprare una bistecca che avrebbe mangiato *lui*, o il *suo* amaro preferito.

Io, per contro, non ho più avuto una relazione stabile. E non ho più dovuto mollare una donna perché se ne sono sempre andate via loro.

Sono tornate dai loro mariti, dai loro fidanzati, in molte hanno cercato di lasciare un segno nella mia esistenza, ma si sono trovate davanti un muro tanto spesso quanto ero privo di spessore io.

Ho usato senza scrupoli il mio lavoro, la mia fama, il mio fascino, la mia dialettica. Ma appena una perdeva il controllo, appena si innamorava, subito mi sentivo mancare l'aria.

La mia puerile vendetta nei confronti delle «Carole» che incontravo si compiva a forza di fughe, telefoni cambiati, appuntamenti disdetti. Per poi ricominciare da un'altra parte.

«Non sono cattivo, mi disegnano così», dissi una volta di me, parafrasando Jessica Rabbit, a un'amante in lacrime. La battuta fu arrogante da vergognarsene, ma in fondo descriveva bene la situazione:

gli amici mi volevano così, e così mi volevano i rotocalchi. Non potevo deludere il mio pubblico.

Adesso che i figli sono cresciuti l'odio si è attenuato ed è subentrato l'imbarazzo.

Finché non siamo arrivati a questa situazione surreale che ci vede costretti a vivere sotto lo stesso tetto.

Ha vinto lei: bella, simpatica, attiva e piena di relazioni sociali.

Ma forse sta pagando un prezzo troppo alto per il piacere di potermi umiliare: deve vedermi tutti i giorni.

È piuttosto comico che Giorgio Sala, lo sciupafemmine, debba rimanere chiuso in casa ad attendere con ansia l'arrivo di una donna che, senza doverlo amare, è ormai, per lui, totalmente indispensabile: un'ucraina ben diversa dalle bellezze che ha fatto soffrire. L'unica donna che si è mostrata a me per quello che è.

Irina arriva, sorride poco, parla se è il caso e risolve tutti i problemi che devastano la mia giornata senza farmelo pesare, con naturalezza.

Irina sa che la cosa più importante, per me, è smascherare chi mi ha ridotto in questo stato.

E piano piano, senza farsi notare, senza fare proclami, tesse la sua tela.

«Ieri io ho parlato con il portinaio di casa tua. E ho parlato con la signora del pianerottolo e le ho domandato tante cose. Lei ti saluta tanto. Tutti ti salutano e tutti ti fanno gli auguri. Intanto io ho capito come ti hanno trovato. Perché tu sei stato salvato da un uomo che sta nella casa di fronte. Nessun parente ha raccontato le cose bene. Ma adesso io so e ti dico.»

VII

Irina mette a posto la stanza, rifà il letto, apre la finestra.

I suoi gesti sono bruschi, pare quasi sbrigativa. In realtà è pratica, efficiente. Il suo modo asciutto mi fa sentire a mio agio. Non pronuncia mai frasi tipo «poverino», «ti fa male?» o cose simili. Coglie i miei lentissimi miglioramenti e chiede al mio fisico solo quello che può dare. Io ormai muovo le braccia quanto basta per mangiare, cambiare canale e collaborare con chi mi assiste, cioè lei.

Sta arrivando l'estate e per la prima volta penso che se se ne andasse sarei perduto. Nessuna donna, nemmeno mia madre, aveva mai goduto di questa considerazione.

Siamo soli in casa.

Mi porta nel bagno grande, quello pieno di creme, profumi, dentifrici sbiancanti e spazzole. Avvolge me e la sedia a rotelle in un asciugamano di spugna e mi insapona il viso.

Non ho ancora provato a farmi la barba da solo,

soprattutto perché la prospettiva di guardarmi allo specchio per dieci minuti di fila mi atterrisce.

Comincia a radermi lentamente, con movimenti precisi, senza scatti.

Intanto mi parla.

«Io sono andata a trovare l'uomo che abita nella casa di fronte. Ho detto a lui che volevi ringraziarlo perché ha salvato la tua vita. Ho portato una tua foto con autografo, così lui ha capito che io davvero lavoro per te. E piano piano lui ha cominciato a raccontare. Lui ha sentito il colpo e dalla sua finestra ha visto te che eri buttato sul tavolo. Solo. Chi sparato era già andato via. Lui ha guardato giù in strada, ma l'ingresso di casa tua è dall'altra parte. Allora lui ha chiamato la polizia.»

In effetti la finestra della stanza dove mi hanno trovato dà su un passaggio privato interno.

Il mio carnefice è stato fortunato.

«La polizia è arrivata con l'ambulanza. La porta era chiusa ma non con la chiave. Loro hanno girato la maniglia e sono entrati. Poi loro hanno portato te in ospedale.»

Parla con calma, come se mi raccontasse un episodio insignificante.

«Io sono venuta il giorno dopo, di sera, perché la televisione ha detto che tu ti sei sparato, che tu sei quasi morto. Tutto era in ordine. La tovaglia con il sangue sparita. Io ho guardato bene intorno. Non ho trovato più solo una cosa: le gocce per dormire. Qualcuno le ha portate via, le gocce.»

È la conferma che cercavo, non mi sono sparato. Le immagini sono confuse... I regali, la cena... Ci sono stati momenti, in questi mesi, in cui sono arrivato a pensare che forse era successo qualcosa di terribile, qualcosa che non ricordavo e che mi aveva spinto a un gesto così estremo. Ma no. È impossibile. Lo sapevo, ma volevo averne una prova.

Qualcuno mi ha addormentato, magari gradualmente, dieci gocce alla volta nell'aperitivo, nel vino, nello champagne e nell'amaro che bevo sempre alla fine di una cena abbondante.

Quando stavo per crollare, o ero già crollato, se ne sono andati tutti.

Uno di loro però è tornato indietro, ha preso la mia pistola, me l'ha messa in mano, me l'ha puntata contro la tempia e ha premuto il grilletto. Poi è uscito subito lasciando la luce accesa.

L'uomo del palazzo di fronte ha visto solo me.

Quelli che hanno partecipato alla cena, a parte il colpevole, è ovvio, hanno creduto al mio suicidio.

Possibile che i miei figli, i miei genitori, non siano stati sfiorati dal pensiero che io non avevo nessuna intenzione di ammazzarmi? E perché si comportano con me come se nulla fosse successo? Nessuno ha accennato al mio gesto. Mai una parola, una frase di conforto o di rimprovero.

Mi dimostrano affetto senza esagerare, trattandomi come uno che ha subito un brutto incidente.

Cerco di immaginare la scena finale.

«Non svegliamolo, andiamo che si è fatto tardi», avrà detto qualcuno, magari mia madre. E poi?

Sono usciti tutti assieme o a gruppi? E fuori dal portone, come si sono divisi? Chi ha fatto in modo di rimanere da solo? O magari erano in due?

«Io dopo sono andata in ospedale», continua Irina. «Ma i tuoi parenti mi hanno detto che non servivo. La signora Carola ha chiesto il mio telefono, ma non mi ha chiamato mai fino al giorno che mi ha detto di venire casa sua a curare te. Mi ha detto di prendere le tue cose e di portarle qui. Poi ha detto che il tuo appartamento era affittato al signor Romanelli.»

Così sono qui, e tutti vengono a trovarmi, anche la persona che mi ha sparato.

Potrei sforzarmi, non mi sarebbe difficile scrivere su un foglio la frase «non mi sono mai sparato, è stato uno di loro».

E poi? Dovrei dire a Irina di andare alla polizia. Un magistrato solerte potrebbe avviare delle indagini.

Oppure non mi crederebbero, potrebbero pensare che sono diventato matto o che voglio vendicarmi, per esempio di Carola.

Magari i miei parenti comincerebbero ad accusarsi tra loro. E il colpevole rimarrebbe impunito.

Oppure lo prenderebbero, finirebbe in galera.

E la mia vita non cambierebbe.

Preferisco trovare le risposte da solo, anzi con Irina.

Se mi capiterà di essere certo della colpevolezza di qualcuno, deciderò cosa fare.

Irina mi aiuta a sedermi sulla poltrona.

Accendo meccanicamente la televisione, ma rimango a pensare.

Una persona che mi è vicina, intima, ha deciso di uccidermi. Una persona che prova un forte rancore nei miei confronti. E mi rendo conto che Carola non è l'unica ipotesi. Anche altri hanno motivi per odiarmi.

Torno con la memoria a episodi che, in una mente fragile o disturbata, potrebbero aver scatenato la furia.

Ho tanto da farmi perdonare e sono tante le persone cui dovrei chiedere perdono.

Perché nella mia vita io ho sempre solo cercato di mettermi in salvo, con strategia e lungimiranza. Ho sempre giocato su molti tavoli e non mi sono mai affidato a nessuno in modo esclusivo. Non ho mai amato fino in fondo, troppo pericoloso.

Sono sempre stato così, e credo di sapere perché. Ho avuto anch'io il mio maestro.

VIII

È arrivato con mia madre. È andato a prenderli Vittorio, il nipote buono, quello che si chiama come lui.

Mentre mia madre mette a posto la cucina, che era già a posto ma non come voleva lei, mio padre si siede in poltrona, in camera mia. Io sono a letto, seduto pure io, con tre cuscini dietro alla schiena.

C'è la televisione accesa. Un telefilm. Quelli del pomeriggio; uno vale l'altro.

Abbasso il volume ma rimango con gli occhi fissi sullo schermo. Lui, come sempre, guarda un punto che nessun altro vede.

«Non riesco a dormire. Digerisco male e poi non mi addormento. O mi addormento subito e mi sveglio verso le due. E non prendo più sonno. Ieri ho visto la luce entrare dalle persiane», dice.

Questo è mio padre, me lo ricordo così da quando ero bambino. Se penso a lui, lo vedo in vestaglia. Mia madre mi preparava per la scuola, lui si alzava un attimo, si muoveva lentamente per casa, ci diceva come aveva dormito, come si sentiva.

Quando era di buon umore mi raccontava un aneddoto, di storia o di geografia, qualcosa che riguardava quello che stavo studiando; lo sapeva dai miei quaderni che sfogliava di notte.

In quelle circostanze era davvero brillante, io lo adoravo e pensavo che era il padre più intelligente del mondo. Prima che uscissi era di nuovo a letto. Andavo a dargli un bacio e correvo via, sperando che un giorno lui si decidesse a tornare a lavorare, perché quando mi chiedevano «cosa fa tuo padre?» mi vergognavo e non sapevo cosa rispondere. Ma lui a lavorare non tornò mai.

Si era licenziato che io ero molto piccolo, un diverbio con un collega e non era più andato in ufficio.

Mia madre aveva passato anni a cercargli un lavoro, mandava lettere, faceva colloqui in vece sua.

«Questa volta è un bel posto. Deciditi!»

Ma lui trovava sempre qualcosa che non gli piaceva. Uno era troppo lontano, un altro non era all'altezza della sua laurea, due o tre volte era andato al colloquio e se ne era tornato criticando tutti.

Mia madre scoppiava a piangere, urlava per ore senza che lui rispondesse.

Le zie accusavano mia madre di essere debole. La istigavano a lasciarlo.

«Devi andartene.»

«Il bambino diventerà come lui.»

«Ci fosse ancora papà gli darebbe una regolata.»

La situazione, però, non cambiava.

Per fortuna lo stipendio di mia madre era sufficiente. E poi la famiglia di mio padre era ricca. Gli avevano lasciato due appartamenti e una villa.

Prima vendette la villa.

«Un parco meraviglioso abbandonato a se stesso, un delitto lasciarla così», diceva mia madre

In seguito uno dei due appartamenti.

In quello rimasto vivevamo noi tre, tra i mobili accatastati e i dipinti appoggiati contro il muro uno sopra l'altro. Duecento metri quadrati di cui solo una cinquantina realmente abitabili.

Non si poteva toccare niente, né fare ordine.

«Ci penso io, datemi il tempo di organizzarmi», ha ripetuto per anni.

Considerava quella roba la sua riserva per le emergenze, che però si assottigliava mese dopo mese.

Ogni tanto usciva con una tela, un candelabro, un orologio. Tornava felice, dicendo: «Mi sono liberato di un pezzo di passato».

Spesso si faceva imbrogliare da qualche antiquario senza scrupoli, che gli comprava cassettoni e armadi antichi a cifre ridicole.

«La tranquillità non ha prezzo», si giustificava.

Mia madre era disperata, ma sembrava che lui non capisse.

Viveva così: si alzava tardi, si sedeva in poltrona, leggeva e passava la giornata con indosso l'immancabile vestaglia.

Però mi parlava. Tanto, troppo.

Aveva un genere di cultura del tutto inapplicabile alla vita.

Ricordava date, episodi, nomi, formule matematiche.

Mi interrogava e mi aiutava a fare i compiti, senza mai alzarsi dalla poltrona. Ero io che dovevo andare da lui. Per lui non contava che la parola. L'esistenza era, nella sua concezione, una pigra, piacevole conversazione.

La sera usciva, da solo, e andava a mangiare in una trattoria sotto casa.

Quando rientrava svegliava mia madre e spesso anche me.

«Ho conosciuto uno studente francese...»

«Sai quante persone lavorano nelle acciaierie di Danzica?»

«Pare che Nereo Rocco voglia lasciare il Milan...»

E così via.

Io mi divertivo, mentre mia madre, furibonda, si rifiutava di dargli soddisfazione per quei racconti strampalati.

Poi si ritirava in quello che chiamava «il salottino», una stanza stipata di mobili dove aveva ricavato un piccolo angolo vivibile con una poltrona e una vecchia radio e ascoltava musica classica.

Giorno dopo giorno.

Due o tre volte alla settimana assecondava le suppliche di mia madre e veniva a prendermi a scuola.

Per me era un momento orribile.

A uno a uno tutti i bambini si incamminavano con i genitori, con un nonno, con una tata. Io rimanevo ultimo, da solo nel grande atrio sotto allo scalone. Sentivo l'odore di cibo uscire dalla guardiola del custode e mi sforzavo di non piangere.

Poi lui arrivava, lento, tranquillo, e cominciava a raccontarmi qualcosa senza scusarsi, né giustificarsi.

«Enfatizza quello che fai per gli altri e minimizza quello che loro fanno per te», fu uno dei suoi primi insegnamenti. Avevo otto anni e dovetti farmi spiegare cosa significasse «enfatizza».

Il sabato pomeriggio mia madre mi portava dalle zie.

Passavo da loro anche il Natale e le vacanze.

Ogni volta che non c'era da andare a scuola, in pratica, il gineceo riunito mi sottraeva alla polvere, al disordine e al travaglio emotivo.

Lì era tutto diverso: coccolato, sbaciucchiato, viziato e assecondato, mi ero convinto che le donne fossero un dono del cielo, fatte per rendere perfetta la vita dell'uomo.

L'adolescenza, i primi amori, le prime sofferenze, mi avrebbero, attraverso dolorosi smarrimenti, fatto cambiare idea radicalmente.

Dicono che quello che ricordiamo più nitidamente è l'odore di qualcosa che appartiene al passato. Sono d'accordo. Io ho in mente quello della mia infanzia.

L'odore della casa di mio padre: finestre chiuse e polvere, luce artificiale e aria viziata.

Mi era insopportabile, mi entrava dentro. Eppure darei qualsiasi cosa per sentirlo ancora una volta.

Da quel mondo, infine, eravamo scappati. Mia madre mi aveva portato via, in un appartamento in affitto vicino alle zie. Il gineceo si era stretto attorno a me e mio padre era rimasto da solo nella grande casa, che avrebbe venduto qualche anno dopo.

Così adesso avevo due cose di cui vergognarmi, un padre che non lavorava e dei genitori che non vivevano più assieme.

Lui finì in un bilocale. Un'altra proprietà se n'era andata.

Veniva da noi due o tre volte al mese, a cena. Comportandosi come se nulla fosse.

Aveva mandato in fumo un patrimonio costruito

in generazioni, svendendo case, ricordi, libri e oggetti preziosi. E sembrava sollevato.

«La tranquillità non ha prezzo.»

Quando già ero più grande mi capitava di rientrare tardi e di trovarlo seduto in poltrona, al buio, da solo perché mia madre era andata a dormire.

Ci fermavamo a parlare, come un tempo.

Naturalmente non mi domandava nulla della mia vita.

Mi parlava di sé, della sua salute, delle sue sensazioni, al massimo si spingeva a raccontarmi della gente che incontrava, degli insignificanti aneddoti che sembravano appassionarlo tanto.

Alle prime luci dell'alba se ne andava, a piedi, senza dirmi quando ci saremmo rivisti.

La mattina mia madre mi teneva il broncio: «Con me non parli mai e con lui, dopo tutto quello che ci ha fatto, passi le notti».

«Lui non è un ficcanaso», rispondevo io, peggiorando la situazione.

Appena cominciai a guadagnare successe però che comprai l'appartamento dove vivevo con mia madre.

Lui lo prese come un affronto.

Perché a lei? Perché non mi ero preoccupato di chi aveva più bisogno?

Iniziò a parlare sempre meno, a chiudersi in se stesso. Mi stava punendo.

Quando andai a stare da solo decisi che avrei convinto mia madre a riprenderlo con sé. Viveva come un disadattato – anzi, lo era – e il suo conto in banca era prosciugato. Non era più autonomo. E io non potevo, né volevo, comprare un appartamento anche a lui.

Riuscii nel mio intento. Fu riammesso a casa, ma non mi perdonò mai, come se fossi io il responsabile della sua condizione. Da allora smise di ascoltarmi e di rispondermi.

Mia madre non perdeva occasione per ricapitolargli tutte le sue colpe. E lui guardava un punto misterioso davanti a lui, in silenzio.

Di tanto in tanto mi rivolgeva la parola se andavo a trovarli. Ma non era per dare vita a una conversazione. Come replicavo qualcosa, tornava ai suoi silenzi.

È ancora così.

Perfino adesso che è lui a dover venire da me si siede, tace, magari dice «ieri l'Inter ha giocato proprio bene» poi si disinteressa di tutto.

Oggi però ha un asso nella manica, una frase a effetto: «Adesso sai cosa vuol dire essere prigioniero della propria moglie». E subito sorride, come se volesse dirmi: «Hai avuto quello che ti meriti, sconta anche tu la pena che hai inflitto a me».

Poi si richiude nel suo silenzio. Sempre lo stesso, un silenzio che non tradisce la minima emozione.

E se fosse stato lui?

In fondo quando mi hanno sparato io non ero cosciente. Chiunque sia stato poteva agire in tutta tranquillità.

Magari, fatta giustizia, si era concesso la consueta passeggiata notturna, solo con i suoi pensieri e i suoi rancori.

I genitori non te li scegli, ti capitano.

E i miei avevano entrambi buoni motivi, secondo loro, per detestarmi.

Due tipi di astio diverso, uno silenzioso, l'altro urlato.

Perché anche mia madre provava tanta rabbia nei miei confronti.

Due su due: il cento per cento.

Un risultato eccellente.

IX

Entra e mi sistema i cuscini.

Naturalmente sbaglia, e Irina, vigile, mi cambia di nuovo posizione appena lei esce dalla stanza.

Parla molto. Con me e papà usa un tono sbrigativo anche quando ci chiede come stiamo. Il messaggio è chiaro: «Mi avete fatto del male, tutti e due, ma io sono ancora qui, perché sono migliore di voi».

Mia madre è la prova di quanto una vittima possa diventare carnefice a forza di evidenziare le proprie sofferenze.

È l'applicazione perfetta del principio secondo cui se fai sentire qualcuno in colpa, prima o poi avrai il pieno controllo su di lui.

Con me ha cominciato subito. Ero solo un bambino e lei riusciva a riempirmi di schiaffi e poi a farmi sentire colpevole per giorni: «Guarda come mi hai ridotto, cosa mi hai fatto fare», diceva. «Non avrei mai pensato di dover alzare le mani su mio figlio dopo essermi spezzata la schiena per mantenerlo, perché se non ci fossi io tu non avresti avuto da mangiare e da vestirti.»

Tutto ciò che avevo conquistato era il risultato della sua fatica e della sua sofferenza.

Ci ho messo anni a mettere da parte i sensi di colpa nei suoi confronti, poi però la guarigione è stata così completa che non mi sono mai più sentito in colpa verso nessuno, nemmeno quando sarebbe stato il caso.

In pratica ha ottenuto il risultato di farmi capire che senza coscienza si riesce a sopportare la vita con maggiore disinvoltura.

Ai miei esordi da attore aveva cercato di ostacolarmi, almeno a parole, però devo ammettere che aveva anche continuato a mantenermi, l'unica cosa di cui avevo realmente bisogno. Ho sempre pensato che lo facesse per il gusto di mostrarmi la sua magnanimità e tuttavia fu per ripagare quel «debito» che usai i miei primi veri guadagni per comprarle l'appartamento dove vivevamo in affitto.

L'avevo portata dal notaio a firmare il rogito, mi ero trasferito in un residence e l'avevo convinta a riprendersi mio padre.

«Adesso che sei qualcuno e non ti servo più te ne vai e mi riconsegni a quell'inetto», si era lamentata.

In realtà dopo che me ne andai di casa diventai più attento con lei. A poco a poco tornai a comportarmi da bravo figlio, telefonandole e passando a trovarla con regolarità, anche se più scorrevano gli anni e più era doloroso trattenermi a guardare il suo declino. Appena arrivavo non vedevo l'ora di andarmene.

Lei e le sue sorelle costituivano un microcosmo di cui io rappresentavo il centro, oltre che principale argomento di conversazione.

Litigavano – mamma sosteneva che Virginia e Beatrice la invidiassero perché lei aveva me – ma non potevano fare a meno l'una delle altre. Erano sempre più altezzose, chiuse al mondo. Con il passare degli anni i loro difetti si evidenziavano.

Carola, però, l'accettarono subito. Del resto piacere agli altri è sempre stato un dono della mia ex moglie: sa muoversi, sa parlare, sa adattarsi al suo interlocutore.

«È così educata», dicevano le zie, «sembra una bambolina.»

«Ti ha dato due figli stupendi», rincarava mia madre, «ho fatto bene ad accoglierla in casa mia. Io certe cose le capisco. Le *mamme* hanno la vista lunga.»

L'enfasi che metteva su quel «le mamme» era un modo per sottolineare una leadership nei confronti delle sorelle, mentre l'«io certe cose le capisco» era un modo per riportare tutto a se stessa, per prendersi più meriti possibile, neanche Carola l'avesse sposata lei.

La nostra separazione fu vissuta come una tragedia in cui a me spettava la parte del cattivo.

«Che vergogna, ci hai infangato», fu il commento di mia madre.

Quando con un po' di malignità, per provocarla, le raccontavo di qualche mio amico che aveva avuto figli da donne diverse e di come i bambini si trovassero benissimo tutti insieme, in armonia, scuoteva la testa: «Questo mondo non mi piace più, forse è ora di morire».

Zia Virginia, che intanto era rimasta «vedova» di Beatrice, a certi discorsi replicava perfino con sdegno. Una volta parlò addirittura di pulsioni plebee.

Anche Carola ricevette qualche piccolo biasimo a dire il vero. In linea di massima l'accusavano, senza troppo accanimento, di non aver saputo tener duro per il bene dei figli e per rispetto verso la propria dignità.

Se facevo notare a mamma che anche lei aveva abbandonato il «tetto coniugale» si inalberava.

«Io l'ho fatto per te!» urlava. «Per farti crescere in un ambiente sano e pulito, non ho mai guardato nessun altro uomo. Per amore di un figlio si fa tutto, anche questo. È stato uno dei miei tanti sacrifici. Non fare paragoni e vergognati.»

Dopo il mio «incidente» è cambiata un po'.

Naturalmente continua a farmi pesare un sacco di cose, del passato e del presente, però è più gentile. Mi porta i giornali, a volte mi racconta qualcosa. Qualcosa di irritante. Matrimoni, nascite, decessi.

Ci sono dei momenti che mi sembra quasi sia lei a sentirsi in colpa, adesso.

Forse perché è stata lei a spararmi?

Quando si passano giorni interi senza parlare ci si fa trasportare dai propri pensieri. E capire chi ha cercato di uccidermi è ormai l'unico scopo della mia vita.

Allora comincio a seguire un filo, un'ipotesi. Guardo la persona che ho davanti e interpreto ogni suo gesto alla luce delle mie congetture.

Una madre che spara al figlio? Perché no?

«Io ti ho dato la vita e io te la tolgo», me l'ha detto più di una volta quando ero ragazzo.

La sua mente contorta avrebbe potuto giustificare un gesto tanto orribile con una semplice considerazione: «Guarda cosa mi hai fatto fare».

In fondo io avevo tradito le sue aspettative. Non mi ero dedicato ai miei figli come lei si era dedicata a me. Non l'avevo mai presa in considerazione. Ero passato con leggerezza da una donna all'altra, e quando ne avevo trovata una che andava bene per lei, che lei aveva accettato e che apprezzava, me l'ero lasciata scappare.

Per di più le avevo imposto il ritorno di mio padre, la causa di tante sue sofferenze.

Non aveva quindi il diritto di punirmi? Fra l'altro una morte violenta mi avrebbe purificato, trasformandomi da colpevole a vittima. E dato che le vittime vanno sempre in paradiso, in pratica mi stava facendo, dal suo punto di vista, il più grosso dei regali: la vita eterna.

Credo che Irina mi legga nel pensiero, perché mi dice: «Chissà se tua madre è tornata da sola, quella notte».

Qualcuno doveva sapere. Non potevano essersi separati tutti davanti al portone. Certo, mio padre poteva essere andato via per conto suo, e così anche Carola, mia madre con la zia Virginia, i miei figli. E anche Barbara e Massimo. Ma possibile che tutti avessero preso subito direzioni diverse? Possibile che tutti abbiano creduto al mio suicidio senza farsi domande?

Mi conoscono così poco?

Nessuno è stato sfiorato dal dubbio a parte Irina? Lei è l'unica che si è posta il problema.

Capita spesso che ragioni ad alta voce, non teme che qualcuno che non sono io possa ascoltarla. Ha capito che la mia voglia di sapere è superiore all'angoscia provocata dalla possibilità di scoprire che una persona che mi ha dato la vita, o una cui l'ho data io, o una donna che mi aveva giurato amore eterno potesse avere impugnato una rivoltella per spararmi in testa.

«Vado alla polizia, se tu vuoi, e dico a loro che qualcuno ha sparato a te.»

Scuoto la testa con vigore.

Non sarebbe servito a niente.

Irina sarebbe stata licenziata e io sarei rimasto solo, abbandonato nel mio ginepraio di ricordi e congetture.

Il colpevole in qualche modo sta già pagando. Mi ha davanti, mi assiste, deve guardarmi in faccia.

Deve trovare una giustificazione al proprio gesto. Deve fare i conti con la propria coscienza e recitare la propria parte.

Quanto gli è facile vivere con quel peso?

Io sono qui, non sono ancora un ricordo scomodo seppellito in un cimitero.

Sa che io lo sto cercando.

Forse ha il terrore di sentirmi parlare di nuovo, di sentirmi gridare: «Chi è stato?»

Per sua fortuna io di parlare non voglio saperne.

Le visite forniscono responsi diversi: blocco psicologico; lesione neurologica; emiparesi. Ogni specialista ha la sua teoria.

Il fatto è che non collaboro.

Non me ne importa nulla di guarire, magari parzialmente, mugolando qualcosa che gli altri devono interpretare.

Mi basta fare «sì» e «no» con la testa.

La mia protesi è Irina. L'unica persona che ormai crede in me. Sarà lei ad aiutarmi nell'indagine. Ho ancora tempo.

X

È finita la primavera.

Siamo passati dal freddo al caldo.

«Non ci sono più le mezze stagioni», ha sentenziato mia madre.

Mio padre, guardandomi, le ha risposto: «Che arguzia».

Adesso vestirmi è più facile, e questo mi dà un po' di sollievo.

Però tutti vogliono che io esca, mentre per me è una tortura. Essere portato al parco sulla sedia a rotelle con il terrore di essere riconosciuto; guardare i bambini che corrono inseguiti dalle tate filippine; zigzagare tra la merda dei cani guardando le coppiette che si baciano. Molto meglio la televisione.

Per fortuna Irina ha capito. Ogni tanto viene dopo cena e mi fa fare un giro quando è già sceso il buio. Preferisco così. Nessuno mi osserva con l'insistenza del pomeriggio e il giorno dopo lei può dire a mia madre: «Il signor Giorgio è già uscito ieri e oggi lui è stanco».

Ogni tre o quattro giorni suona al citofono Michela, che vuole farmi visita. E ogni volta io scuoto disperatamente la testa perché non la facciano salire.

Lei ci ha provato in tutti i modi ma Irina ha eseguito i miei ordini ed è riuscita ad alzare tra me e lei un solido muro.

Michela ha venticinque anni ed è innamorata di me. Anche adesso, dopo quello che è successo.

L'inverno scorso abbiamo lavorato insieme. Lei si occupa di teatro, fa quello che le chiedono: ufficio stampa, botteghini, aiuto alla direzione artistica. Cerca la sua strada.

Si è innamorata di me per ammirazione. Non è mai successo nulla tra noi perché ho sempre saputo qual è la differenza tra l'amore di una donna e quello di una fan. E perché sapevo che non aveva gli strumenti per difendersi da uno come me.

E poi non volevo diventare l'effetto di una patologia. Quando una ragazza si innamora di un uomo che ha il doppio dei suoi anni tutti si affrettano a parlare di conflitti irrisolti con il padre e altre banalità. Se poi l'uomo è il suo attore preferito, tutto diventa ancora più complicato. Oppure fin troppo chiaro.

Uno che ha passato la vita cercando di proteggersi, evitando di sedersi a un solo tavolo, non ha né voglia, né interesse nei confronti di una ammiratrice, anche se piuttosto carina. È quella che normalmente si definisce «un tipo».

Dopo l'incidente ho deciso di interrompere ogni nostro rapporto. Non dovevo più vederla, e soprattutto non dovevo più farmi vedere da lei.

Ma lei non è il tipo che molla facilmente. Possiede una tenacia a prima vista insospettabile.

Vuole farmi sentire la sua vicinanza con discrezione, senza ossessionarmi. Un libro, il dvd di un film di cui avevamo parlato, una scatola di cioccolatini, un fiore.

Irina ha provato a convincermi.

«Sarebbe bello se sale una volta a vederti, la ragazza che viene tutte le settimane», mi ha detto un giorno.

Ma io, come sempre, ho scosso la testa.

La prima lettera che mi ha scritto l'ho letta.

Iniziava dicendo «...Io ti conosco. Tu non puoi esserti sparato. Non so cosa sia successo ma sono certa che non l'hai fatto. A modo tuo amavi la vita. E amavi il tuo lavoro, che è sempre stato la tua salvezza...»

Poi scivolava pericolosamente su frasi tipo «Non so cosa fare senza di te», «Io ci sarò sempre».

Il finale era: «Ti aspetto».

Le lettere successive non le ho ancora aperte. Sono tutte in un cassetto, impilate in ordine cronologico.

Non so se le leggerò mai, ma mi fa piacere tenerle. Forse mi gratifica l'idea di avere ancora qualche ammiratore.

Anche perché non c'è nulla da fare, i fan di un personaggio sono le uniche persone in grado di amarlo davvero, dato che ne conoscono l'aspetto migliore, quello artistico, e non possono diventare le vittime delle sue probabili carenze umane. L'egoismo maldestro di chi vive pensando solo a se stesso è per loro fonte di ammirazione e non di sofferenza.

Parlando in modo specifico di ammiratrici, la mia esperienza mi ha permesso di catalogarne un certo numero di tipologie. Ci sono quelle che cercano lentamente di entrare nella vita del loro beniamino, anche usando il corpo, se è il caso. Ci sono quelle che lo tormentano, lo aspettano, si fanno trovare in un teatro o sotto un palco come per dirgli «quali altre donne farebbero questo per te?» e cercano di ingolosirlo facendogli credere che loro sarebbero diverse e lo accetterebbero senza chiedergli nulla. Oppure quelle che hanno voglia di «succhiarsi un po' di vita diversa», darsi per qualche notte e tornare corroborate alla solita routine.

Michela, però, sfuggiva a questa schematizzazione. Il suo modo di avvicinarsi non mi ha mai infastidito e, di conseguenza, il mio modo di proteggerla è stato non portarmela a letto.

Si comincia a parlare di vacanze. Sento Carola al telefono.

Disserta di luoghi, climi, alberghi.

Probabilmente andranno in Scozia, a coppie.

Adesso che si è fidanzata viaggia molto. Deve recuperare, visto che io non la portavo mai da nessuna parte.

Ogni tanto mi raggiungeva quando ero in tournée, o se giravo in qualche posto particolare. Non sempre ero contento.

Solo che in certi momenti mi mancava, e se commettevo la romantica impudenza di dirglielo, lei correva.

Adesso può scegliere, organizzare, prenotare.

Mi chiedo se la naturalezza con cui non esterna i suoi progetti in mia presenza sia un modo per ostentare davanti a me la sua nuova felicità o se stia bene veramente.

La ragione mi spinge a propendere per la seconda ipotesi. E naturalmente la cosa non mi fa piacere.

Quando entra in camera e mi parla del suo lavoro resto immobile.

Sembra voler stabilire un contatto. Io non sono interessato. La studio – non dimentico che potrebbe avermi sparato in testa – la invidio e mi domando perché sia così gentile. Che tipo di vittoria vuole assaporare?

«Mi chiedono di te, come stai, cosa fai. E io non

so cosa rispondere. Anche perché penso che, se tu lo volessi veramente, potresti riprenderti, fare seriamente la fisioterapia, ricominciare a muoverti. Lo sai che tutti dicono che ormai dipende solo da te? Dovresti esercitarti a parlare, per esempio. Ma non ti piacerebbe riprendere a lavorare? O magari tornare a fare il cretino come tuo solito?»

Mi sorride, sta per accarezzarmi, poi si ritrae.

Sento crescere un sospetto, un residuo di odio, il rancore che ogni uomo prova per una donna che, rinunciando ad aspettarlo, ha evidenziato i suoi difetti. Ma la sensazione più forte è l'imbarazzo.

Meno male che fatico a muovermi, così evito di dover gestire le mie reazioni. E non solo con lei.

Non saprei come baciare i miei figli, come reagire alle carezze di mia madre. Per non parlare di mio padre. Gli stringerei la mano? Gli accarezzerei la spalla? Lo bacerei sulla fronte, sentendomi magari rispondere: «Non sono ancora morto?»

L'immobilità, in questo caso, è una strategia perfetta.

Intanto osservo e penso. Devo ammettere che ogni tanto la mia condizione non mi provoca la disperazione che ci si attenderebbe in questi casi.

Mi sento un cacciatore appostato in attesa che la preda si mostri.

XI

Nella sera afosa di luglio non c'è un alito di vento. La poca corrente proviene da due finestre contrapposte, entrambe aperte.

Siamo soli io e Giò, il figlio più grande, il figlio polemico, quello sempre in guerra.

D'estate la programmazione televisiva è quello che è: come se con il clima vacanziero la gente diventasse più di bocca buona, come se tutti si accontentassero delle repliche.

Stiamo guardando un film che conosco a memoria, *Amici miei*.

Sorrido. Lo rivedo sempre volentieri, tutti gli uomini hanno amato quel film, spesso riconoscendosi nei protagonisti, invidiando la loro sciagurata leggerezza, il senso di solidarietà tra maschi che talvolta si trasforma in scellerata incoscienza corporativa.

È una storia con una sua morale: le donne passano, gli amici restano. Nella realtà non è proprio così, ma è rassicurante crederlo.

«Tu lì dentro ci saresti stato benissimo», parte all'attacco Giò. «Da ragazzo devi essere stato così. Poi gli amici sono diventati compagni di lavoro, *partner*. E sei cambiato.»

Forse ha ragione. Ormai la questione ha poca importanza, date le mie condizioni, ma anche prima tendevo a uscire più che altro con le persone con cui lavoravo, era più semplice. C'era un terreno comune su cui imbastire la conversazione. Certo, ho amici che conosco da trent'anni, ci vogliamo bene, ma ormai siamo troppo diversi e non sappiamo più cosa dirci.

«Sai cosa mi piace di questo film?» mi incalza. «Il fatto che nessuno dei cinque protagonisti sia competitivo. Quando uno di loro di fronte all'amico morto dice che non è così indispensabile diventare qualcuno nella vita riesco a passare sopra a tutto il resto.»

Ci siamo, sta arrivando al dunque.

«Invece a te piace che questi non abbiano la minima considerazione delle donne. Ti piace quando guardano le operaie della collina o quando Tognazzi rimbecillisce di balle quella disgraziata della moglie.»

Scuoto la testa sorridendo, come a dire che non è proprio così.

«Peccato che tu non possa rispondere, mi rendo conto che è una discussione impari», continua, «ma siccome penso che se tu ti impegnassi un po' riusciresti a comunicare, ogni tanto qualche cosa voglio proprio dirtela.»

Ma sì, ascoltiamolo. Tanto non mi faceva parlare neanche quando potevo farlo.

«Questo è solo un film, un paradosso, invece la tua è stata una vita vera, che ha coinvolto altre persone. Una vita che ha fatto del male a chi ha avuto la sfortuna di incontrarti e magari di innamorarsi di te. Hai promesso, hai preteso, hai condizionato. Hai scelto donne vulnerabili, come la mamma. Hai plasmato il loro carattere. Le hai fatte sentire felici, ma solo se ti davano il massimo chiedendo il minimo. Le hai segnate per sempre.»

Povero Giò, mi domando quante ne avrà sentite sul mio conto da sua madre, dai miei genitori, dai giornali, dai compagni di scuola.

Tutti si sono sentiti in dovere di dire la loro.

«Ero piccolo, ma mi ricordo bene. Mia madre che piangeva, umiliata da tutti quelli che le dicevano che l'avevano avvertita. Ha passato metà della sua vita a difenderti e l'altra metà a maledirti.»

Ormai è un fiume in piena. E io zitto, come mio padre con mia madre. Chissà, magari per perpetrare la tradizione di famiglia tra una ventina d'anni starà zitto anche lui, mentre qualcuno lo sotterrerà di accuse.

«Sai che un paio di volte sono arrivate delle tue

ex a piangere in casa nostra pregando la mamma di intercedere per loro? Come pensi che si sia sentita? E io che portavo via Vittorio perché non sentisse, perché non fosse sfiorato dal dubbio che forse non eri proprio il padre migliore del mondo. Lui ti ha sempre venerato. Più gli parlavano male di te, più ti vedeva come un dio bestemmiato, come un martire vittima di un mondo incapace di capire la tua grandezza.»

Prendo il telecomando e abbasso il volume. Parla pure, tira fuori tutto. Vediamo chi sei veramente e cosa pensi di me. Scopriamo cosa ti ho fatto.

«Tu non hai idea dei segni che hai lasciato. Anch'io ammiro la tua intelligenza. Forse nostra madre non era alla tua altezza, ma se anche lo fosse stata tu non te ne saresti accorto. Tu non ti accorgi di niente, a te interessa solo Giorgio Sala, quello originale, naturalmente, non io. Hai un'idea della fatica che faccio con le donne? Una parte di me vorrebbe essere come, senza volerlo, mi hai insegnato tu. Vuole conquistarle, affascinarle, plasmarle, blandirle e respingerle. Vuole chiedere tutto senza impegnarsi troppo. Poi, però, subentrano i sensi di colpa. Sei riuscito a insegnarmi anche quelli. Ho paura di fare danni, ho paura di somigliarti nella tua mancanza di etica. Chi è meno intelligente deve pagare, diresti tu. Ma chi ama è inevitabile che finisca per sembrare meno intelligente.»

È sempre stato così, Giò. Ha sempre attaccato per difendersi, fin da piccolo. Per certi versi mi assomiglia. La differenza è che io i miei rancori li ho sempre tenuti dentro, li ho gestiti, sono diventati un motore e non un freno.

«Io ho quel che ho donato», diceva Gabriele D'Annunzio. E io l'ho ripetuta più volte questa frase. Giò se la ricorda bene.

«Io ho quel che ho donato, vero? Tu hai sempre pensato di cavartela così», mi incalza. «Una bella massima zen, se fossi vissuto in un altro modo. Tu invece hai usato i tuoi soldi solo per acquistare potere e credibilità nei nostri confronti. Ti sentivi assolto da ogni altra responsabilità, no? Eri quello che pagava.»

La prima volta che mi ha parlato così avrà avuto nove anni. Gli avevo comprato una console per i videogame. La desiderava tanto e io decisi di accontentarlo un giorno che, avendo un impegno, non potevo mantenere una promessa. Credo fosse una gita a Gardaland.

«Non mi ci porti più e allora mi compri», mi aveva detto.

Una di quelle frasi che ti colpiscono, ti feriscono, ma ti rendono anche orgoglioso di quanto tuo figlio sia intelligente. Le racconti agli amici e speri che non succeda più. Invece questo genere di atteggiamento tende a peggiorare.

Gli suona il telefono. È un suo amico e cambia subito tono.

«Sono da mio padre», lo dice come se stesse solo ottemperando a un dovere. Mostra una confidenza che con me non ha mai avuto.

Si è sempre limitato a giudicarmi, con fermezza, senza la minima comprensione.

Durante la sua adolescenza ogni tre o quattro giorni mi arrivava una telefonata di sua madre: «Adesso viene a vivere con te. Io lo butto fuori di casa. Non ne posso più».

Li sentivo litigare, strapparsi il telefono di mano, accusarsi e dirsi le cose più tremende.

Quando potevo andavo a prenderlo. Mangiavamo una pizza, lasciavo passare qualche ora, poi tutto tornava come prima.

Io non gli ho mai proposto di venire a vivere con me e lui non me lo ha mai chiesto.

«I miei amici stanno tutti qui vicino», metteva le mani avanti, ma in realtà pensava che stare con sua madre fosse il male minore.

La telefonata dell'amico ha modificato lo scenario. Quando la chiude ha perso la voglia di attaccarmi.

Riprendiamo a guardare la televisione come se nulla fosse successo. Io non avrei modificato il mio atteggiamento neanche se fossi stato in grado di parlare.

Il film sta finendo.

«Sarà stata la zuppaccia inglese della villa», dice Philippe Noiret. Invece è un infarto.

Giò non parla più.

Noiret muore. Arrivano la moglie e il figlio.

«Neanche una lacrima?» chiedono gli amici.

«Me le ha già fatte versare tutte», risponde lei.

Giò non fa commenti. Si alza.

«Devo andare.»

Sta per baciarmi, poi si ferma, mi mette una mano sulla spalla.

«Ciao.»

Si allontana di due passi poi torna indietro.

«Vuoi che ti aiuti a metterti a letto?»

Scuoto la testa.

Se ne va, mentre il film termina con la scena del funerale.

Resto solo. Provo a parlare, ma emetto i soliti suoni sgradevoli.

Sento la porta che sbatte.

È la mia prima notte in casa senza nessuno ad assistermi. L'ho pretesa io.

Ormai riesco a muovermi. Faccio fatica, ma posso andare in bagno e coricarmi da solo.

La televisione manda la pubblicità.

Giò sta raggiungendo i suoi amici. Riderà, farà quello che fanno tutti i ragazzi. Ma rimarrà con il suo peso da portare. E io mi domando quanto sia grosso, questo peso.

XII

Carola è tornata dall'ufficio, si sta cambiando. Sento il solito caos provocato da scarpe tolte in fretta, da grucce che cadono per terra. È sempre stata così. Una volta mi piaceva quel suo modo di prepararsi così frenetico, ne ridevamo assieme. Poi ha cominciato a darmi fastidio: quando gli amori finiscono si diventa intolleranti.

Adesso percepisco quei colpi e quei tonfi per quello che sono: rumori. E io ormai ragiono su tutto, anche sui rumori. Tutto diventa elemento di riflessione e di studio.

Suona il campanello. Barbara e Massimo.

«Cinque minuti e sono pronta, servitevi da bere.»

Vengono a salutarmi. Non li vedrei molto volentieri, non fosse che anche loro erano presenti quella notte. E non solo in qualità di comparse.

Noto come sempre un certo imbarazzo. Già non è semplice essere naturali con uno che non parla, muove a fatica le gambe e più che altro passa dal letto alla poltrona o alla sedia a rotelle.

Non è neanche facile essere naturali con un uomo che ha tentato il suicidio, credo, e ancor meno se, per caso, tu sai che non è stato un tentativo di suicidio.

Ma soprattutto, per quanto riguarda Barbara, è difficile quando l'uomo in questione, l'ex marito della tua migliore amica, è stato per un anno il tuo amante. E, per quanto riguarda Massimo, l'amante della tua donna.

È successo quattro anni fa.

Barbara non è bellissima, ma ha sempre avuto qualcosa che mi attirava. E la sensazione che la sua storia con Massimo non fosse particolarmente stimolante per lei la rendeva ancora più interessante.

Sembravano Paperino e Paperina, figli della loro routine: vacanza insieme, cinema insieme, weekend insieme. Per Carola erano la coppia ideale. A sentire lei erano uniti, complici, non si davano mai addosso. Lui era fantastico, magari non lo si notava, ma c'era. E sapeva come prenderla.

Io, però, non ero convinto.

Più sentivo Carola dire che non aveva mai visto Barbara guardare un altro uomo, che non aveva mai avvertito in lei un segno di stanchezza o di insoddisfazione, più mi sentivo intrigato. Oltre a tutto avrei avuto il piacere di dimostrare che non aveva capito niente.

Abbiamo cominciato con qualche sms. Francamente mandare messaggi non mi è mai piaciuto. Mi imbarazza, sento di non avere più l'età per farlo e trovo che le sfumature della voce siano insostituibili.

Quando qualcuno cercava di parlarmi di lavoro scrivendo messaggi io alzavo subito la cornetta e tutto si risolveva molto più rapidamente.

Negli anni, però, ho imparato che in questi tempi di equivoci, miserie e difficoltà di comunicazione, molte persone affidano alla tecnologia ciò che non sanno esprimere con i gesti, gli sguardi e le parole.

Così ho cominciato, per usare un terribile neologismo, a «messaggiare» con Barbara. Senza fretta, gradino dopo gradino.

Ho capito in fretta che non ne faceva parola con Carola. Quindi era solo questione di tempo e di circostanze.

La prima volta che successe mi resi conto di quale fisicità inespressa disponesse il povero Massimo. «Non ho mai fatto l'amore così» non è una frase che speri la tua donna dica a un altro.

Ma se da quel punto di vista i risultati erano esaltanti, il resto era un disastro. Barbara si sentiva in colpa, soprattutto con Carola.

Anche se eravamo separati da anni lei non voleva tradire la fiducia della sua amica. Il rovesciamento dei ruoli la faceva soffrire. Scudiero era e scudiero voleva rimanere.

«Non riesco più a guardarla in faccia.»

Ogni volta si presentava e diceva: «È l'ultima sera che ci vediamo».

Questo mi eccitava molto, e probabilmente eccitava anche lei. Credo che inconsciamente le piacesse sentirsi una donna perduta. Forse per lei rappresentava una forma di redenzione dalla normalità.

E poi c'era Massimo.

«Non se lo merita, non se lo merita proprio.»

Ma tra le lenzuola, a quanto pare, il divario era enorme. Non tanto per le mie capacità amatorie, quanto per la situazione. Lui, come tanti uomini accasati, era abitudinario, poco passionale e privo di inventiva, io, in quanto amante e clandestino, godevo di tutti i vantaggi del caso.

Per evitare imbarazzi facevo il possibile per non incontrarli assieme. Quando capitava mi chiedevo come facesse Massimo a non accorgersi di come la sua compagna mi guardava, di quanto fosse allusiva, di quanto mi cercasse e mi respingesse.

L'inizio della fine giunse il giorno in cui Barbara confessò a Carola di avere una relazione con un altro uomo.

Cominciò a contraddirsi, a dire e non dire. E Carola capì.

Mi sarei aspettato che la mia ex moglie mi convocasse per affrontare la questione in maniera diretta, invece usò la tattica delle mezze frasi. Cercava di manifestarmi il suo disprezzo, evidenziando la solita straordinaria potenza del sesto senso di cui sarebbero dotate le donne.

Poi cercò di mettere in guardia il povero Massimo. Lui non era un uomo da scenate, e non voleva perdere Barbara. Così mi venne a cercare, esasperato. Entrammo in un bar a bere un caffè. Mentre ci guardavamo, prendendoci le misure e cercando frasi appropriate, lei lo chiamò al telefono.

Lui uscì fuori, lasciandomi per venti minuti davanti a un caffè prima e a un Negroni poi, e mi trovò con un secondo cocktail tra le mani.

«Scusami, ma devo andare», balbettò appena rientrato. «Tu vuoi dirmi qualcosa?»

Presi un bel respiro e risposi con tutta la diplomazia di cui ero capace.

«Mi auguro che possiate risolvere i vostri problemi. Io parto per qualche settimana, devo finire uno sceneggiato. Sono certo che al mio ritorno ogni cosa si sarà rimessa a posto.»

Come incontro chiarificatore non fu un granché. Barbara gli aveva detto tutto. Avrebbe tranquillamente potuto non farlo, sarebbe stato sufficiente non venire più a casa mia. Forse lo fece per mettersi nelle condizioni di non scegliere più. Sono molte le persone che pensano di risolvere le cose con una confessione al proprio partner. E per chi si trova nella situazione in cui ero io è buona norma concedere all'amante pentita, o pentito, la soddisfazione di poter dire che ti ha lasciato. Almeno nella chiusura della vicenda ho fatto il mio dovere. Vado forte, nelle chiusure.

Li ho rivisti varie volte, sempre insieme; tutto è tornato, almeno in apparenza, come prima della parentesi maledetta di Barbara.

Ci sono casi in cui il tradimento finisce addirittura con il fortificare la coppia. La parte fedifraga deve farsi perdonare e la parte tradita ritrova un po' di verve per non incappare più nello stesso incidente.

Carola fece finta di niente.

«Come sono carini insieme, vero?» mi diceva studiando una mia eventuale reazione, che non si manifestava.

Loro ostentavano un affiatamento leggermente stucchevole. Barbara lo baciava e lo abbracciava, magari guardandomi. Credo sperasse di farmi almeno un po' di male.

Giò, naturalmente, cui nulla poteva sfuggire, indagava e mi punzecchiava.

«Ieri a casa nostra c'erano Barbara e Massimo. Lei è diventata più carina. Si veste sexy, dovresti vederla. Ha chiesto di te, se avevi messo la testa a posto.»

Una volta provò a essere più esplicito.

«Ma uno come te non ci ha mai fatto un pensierino? Possibile?»

Per fortuna c'era anche Vittorio, che venne in mio soccorso.

«Guarda che papà non è mica un animale, è anche capace di parlare con una donna senza saltarle addosso. Tu ascolti solo quello che dicono gli altri e non perdi occasione di fare il saputello. E il moralista.»

Era sempre così tra loro. Uno mi aggrediva e l'altro, ostinato, cercava di difendermi.

Intanto la coppia rinnovata entrava in sempre maggiore confidenza con Carola e il suo fidanzato, eterno fidanzato anche lui, invisibile ai miei occhi ma sempre presente.

La mia ex moglie, bisogna dirlo, in amore non si risparmia, dà tutto quello che ha, con determinazione.

Ogni tanto chiedevo qualcosa su di «lui» ai miei figli. Naturalmente era Giò quello che più me ne decantava le qualità, sottolineando quanto fosse affidabile. Sì, diceva proprio così, affidabile. Ma doveva piacere anche a Vittorio, perché notavo che reagiva alle mie domande cambiando argomento, quasi avesse paura di contrariarmi. E io desistevo per non metterlo in difficoltà.

«Eccomi», dice Carola presentandosi tutta agghindata. Ma subito se ne va, perché il citofono suona. È arrivato il quarto, che non sale.

Barbara e Massimo escono dalla mia stanza mano nella mano.

«Riguardati», mi dice lei, e io colgo un lampo nel suo sguardo.

«Stammi bene, Giorgio», conclude Massimo. Tiene gli occhi bassi.

Dalla mia poltrona, formulo tre ipotesi.

1) Barbara, da sola: «Ho dimenticato il telefonino, amore, faccio una volata su e scendo. Tu prendi la macchina».
2) Massimo, da solo: «Sarà meglio che salga un attimo a vedere se sta male».
3) Barbara e Massimo insieme: «Facciamogliela pagare una volta per tutte».

Nei primi due casi l'altro, quello che ha aspettato giù, capisce e tace. Non racconta nulla, i due non parlano più della vicenda. Il segreto viene custodito e mascherato con gentilezze e frasi di circostanza verso chi doveva morire e invece è ancora lì a guardarli.

Sono di nuovo solo, costretto ad alternare i pensieri con qualche replica estiva.

Ma c'è qualcuno, fra i protagonisti di quella cena, di cui possa fidarmi? Qualcuno che magari ha dei sospetti, anche se non ha il coraggio di parlare?

XIII

Con mio padre uscivo raramente. Quando accadeva, preferiva tenermi per il braccio. Mi dispiaceva che non mi prendesse per mano. Non mi ha mai fatto un regalo, e anche questo fatto lo ricordo come una mancanza. Il massimo che poteva succedere era che acquistasse il giornale, che costava settanta lire, e mi lasciasse il resto di trenta, dopo averlo studiato pensieroso nel palmo della mano. Trenta lire equivalevano a tre bustine di figurine Panini. Sapeva che le avrei comprate subito, ma non diceva mai «Il "Corriere" e tre bustine dei calciatori». Dovevo riavvicinarmi io all'edicola e chiederle. A volte capitava che fossero tutte doppie, ma io fingevo per farlo contento.

Mio padre non mi portava mai al cinema. Non mi portava mai in uno di quei posti dove vogliono andare i bambini. Seguiva i suoi percorsi.

«Andiamo a vedere il palazzo dove abitava Botti, un mio compagno delle elementari.» E mi raccontava qualche aneddoto della sua infanzia.

Io ero triste, all'inizio. Poi mi convincevo di essere un bambino speciale elevato al rango di confidente, mi sentivo importante. Non ero uno di quei ragazzini da portare alle giostre e mangiare lo zucchero filato. Ero uno che il padre trattava da adulto. Però a scuola mentivo con i miei compagni.

«Ieri io e papà siamo stati fuori tutto il giorno in macchina. Abbiamo visto un sacco di cose.» Dopo non sapevo come continuare e facevo il misterioso.

Quando fu il mio turno di portare in giro i miei figli cercai di trarre insegnamento dalle gioie e dai dolori della mia infanzia. Parlavo molto, li coprivo di regali, li assecondavo.

Così simili fisicamente, sembravano però arrivare da due mondi diversi. In realtà reagivano in maniera opposta alla stessa situazione.

Giò mi spremeva, mi ricattava, mi diceva: «Mamma mi avrebbe detto di sì». Mi sfiniva convincendomi a fare qualsiasi cosa.

Con Vittorio era tutto più semplice. Sono sempre stato il suo eroe. Lui voleva piacermi, a tutti i costi. Una volta rischiò di ammazzarsi in bicicletta, pur di farmi vedere non ricordo quale acrobazia. Quando aveva dodici o tredici anni cominciammo a uscire soli io e lui, perché Giò aveva già gli amici, quelli che finisci per preferire ai tuoi genitori. Era felicissimo. Mi raccontava ogni istante delle sue giornate, non stava mai zitto, quasi avesse paura del silenzio. Mi chiedeva del mio lavoro, e io non facevo in tempo a rispondere che arrivava un'altra domanda. La prima volta che lo portai a teatro rimase ipnotizzato. Non perse una battuta e non aprì bocca neanche dopo, in camerino. Ascoltava quelli che entravano a farmi i complimenti e abbassava la testa quando qualcuno gli diceva: «Come sei carino. Chissà se farai anche tu l'attore come tuo padre».

Prima di raggiungere il resto della compagnia a cena lo riaccompagnai in macchina. Avevo fretta e lui se ne accorse.

«Vado subito», mi disse sotto casa. «Grazie, ho passato una serata meravigliosa. La più bella della mia vita.»

Non ero ancora al ristorante quando fui aggredito al telefono da Carola perché lo avevo riportato troppo tardi e il giorno dopo c'era la scuola e non avevo rispetto neanche per i miei figli eccetera.

Nella notte Vittorio mi mandò un messaggio: «Non farci caso, lei lo fa per me. Non può capire quanto sono stato bene».

Nonostante la costernazione della madre entrambi i miei figli cominciarono a studiare teatro.

Al di là della passione – la genetica esiste, eccome – era evidente che a spingerli erano motivazioni diverse: Giò voleva diventare più bravo di me e dimostrare che non facevo niente di eccezionale, Vittorio voleva essermi più vicino, voleva fossi fiero di lui.

Il primo sembrava infastidito, se andavo a vederlo. Per quanto cercassi di essere discreto, entrando quando le luci erano spente e uscendo prima della fine, non mi sentivo mai un ospite gradito.

«Se hai qualche critica, fammela pure», mi disse una volta, «ma ricordati che io non sono te e non voglio esserlo.»

L'altro, invece, era contento se passavo, sebbene temesse il mio giudizio. Spesso si giustificava prima ancora che io esprimessi un parere: «Non sono stato un granché stasera, vero? Ieri ero molto più in forma».

Anche adesso le differenze tra i due sono enormi.

Vittorio viene a trovarmi più spesso. Magari si ferma dieci minuti, ma non ricordo siano mai trascorsi due giorni di fila senza che lo abbia visto.

Mi dice come sempre un sacco di cose insignificanti, non tanto per parlare di se stesso, quanto per la sua atavica paura del silenzio.

Ha conosciuto Michela, ne sono certo, e credo vorrebbe intercedere per lei. Non osa farlo perché la prima volta che ha cercato di accennare alla questione mi sono agitato e ho scosso la testa.

Sono sicuro che le racconta di me. È possibile che abbiano sviluppato una certa solidarietà, in fondo credo siano le uniche due persone a soffrire veramente per la mia condizione.

Entrambi sono stati segnati dal mio passaggio, entrambi si ritrovano feriti e smarriti. Non sanno più cosa chiedermi, anzi sanno che non possono chiedermi più nulla, ma vivono la loro condizione con disperata serenità.

Vittorio non mi ha mai domandato il motivo del mio gesto, di ciò che gli innocenti ritengono sia stato il mio gesto. Vorrebbe farlo, ma non ne ha il coraggio. Oggi però ha un peso da togliersi, lo capisco perché da qualche minuto è meno loquace.

«La notte dell'incidente...» di nuovo questa parola, «quella notte io sono andato via prima. Forse nessuno te l'ha detto. Non mi sentivo a mio agio. Tu avevi bevuto un po', eri strano. Cercavo di parlarti, ma non mi davi retta, mi sentivo escluso. Non mi piaceva vederti così, e non mi piaceva l'atteggiamento degli altri. Così dopo il primo brindisi ho salutato tutti. Adesso mi sento in colpa, se fossi restato con te le cose sarebbero andate diversamente. È un rimorso che mi porterò dietro tutta la vita.»

Si aggiunge un altro tassello, molto importante.

Non sai quanto devi sentirti in colpa, figlio mio!

Se tu non fossi andato via la mia perdita di conoscenza non ti avrebbe lasciato indifferente. Non mi avresti mai liquidato con un «lasciamolo dormire». E nessuno avrebbe potuto mettere in pratica il suo piano.

Ho pensato cento volte alla parte avuta da Vittorio, ma non ho mai trovato una risposta plausibile al suo comportamento. Un padre che si addormenta in quel modo non viene lasciato solo da un figlio come lui.

Gli sorrido. Non posso fare altro. Per fortuna non mi domanda esplicitamente se ho davvero tentato di ammazzarmi. Non saprei cosa rispondergli. Se, scuotendo la testa, dovessi fargli capire che non ho mai pensato né messo in pratica quel gesto, potrebbe avere una reazione incontrollabile. Andrebbe a dirlo alla madre, al fratello, magari anche alla polizia. Cambierebbe lo scenario senza ottenere risultati. E io ho solo bisogno di riflettere, forse mi sto avvicinando alla soluzione.

Vittorio sembra sollevato.

«Vuoi dormire?» mi dice.

Gli faccio cenno di sì.

Mi aiuta a infilarmi nel letto, lasciandomi accanto il bastone, di cui ho cominciato a servirmi per andare in bagno. Mi porta una bottiglia d'acqua, appoggia il telecomando e i miei occhiali sul comodino.

Gesti che fanno anche gli altri, ma in un altro modo, più frettolosamente, dimenticando sempre qualcosa. Mi bacia sulla guancia poi, prima di uscire dalla stanza, si volta ancora e mi sorride salutando con la mano. È lo stesso gesto che faceva da piccolo, lo ripete perché sa che mi piace.

Quando sento chiudere la porta di casa mi accorgo che mi è scesa una lacrima.

XIV

La notte dormo a intervalli. Due o tre ore, poi mi sveglio, accendo la televisione, guardo quello che c'è, spengo, penso, dormo ancora e ricomincio da capo. Non sono mai in grado di stabilire di quante ore di sonno ho goduto realmente.

Questa notte è anche peggio del solito. Penso a Vittorio che se ne va a trascorrere la sera di Natale lontano perché non vuole vedere suo padre che non è al cento per cento. E immagino lo scenario successivo, con qualcuno che dice tra sé e sé: «Se ne è andato, devo farlo stanotte».

Rivivo questi mesi passati in una situazione assurda, muto e semiparalizzato in casa della mia ex moglie. Tutti che mi trattano da malato, con gentilezza e ipocrisia, nessuno che affronta l'argomento, nessuno che mostra segni di impazienza. Ho l'impressione che potrei rimanere in queste condizioni per anni e nessuno direbbe niente. A volte mi sembra di essere lo scarafaggio di Kafka. Eppure non sto facendo nulla di concreto per guarire. Comincio a camminare, ma non mi interessa farlo all'aperto perché non saprei dove andare.

Mi trascino in salotto, trovo un foglio e una penna e mi rendo conto che potrei scrivere. Però non saprei cosa.

Arriva la luce dell'alba, con la prima fase in cui non capisci ancora se sarà una bella giornata o no. Mi riaddormento fino a quando non sento la chiave girare nella serratura. È Irina.

Mi prepara il caffè. Ho voglia di fumare. È da quella sera che non fumo. Mi decido. Prendo un foglio e scrivo: «Mi compri le sigarette?» Lascio il foglio sul piccolo tavolo che mi fa da comodino. Lei entra col caffè e io indico con gli occhi il mio primo messaggio al mondo.

Lo prende, lo legge e sorride: «Finalmente tu scrivi».

So che non lo rivelerà a nessuno. Sarò io a decidere se comunicare solo con lei o anche con gli altri.

«Scendo», dice.

Quindici minuti dopo sto fumando la prima sigaretta di questa mia nuova, assurda e disastrata vita. Mi sento subito meglio. Le prime boccate mi sembrano fortissime, poi percepisco quel benessere che avevo quasi dimenticato. Prima della mia fantastica notte di Natale usavo la sigaretta come rudimentale check-up: capivo quando stavo davvero male dal fatto che non avevo voglia di fumare. In tutti gli altri casi bastava un analgesico o qualcosa per farmi digerire ed ero come nuovo.

Mi godo le boccate lentamente e, come sempre, rifletto.

I miei cari parenti vanno e vengono dalle vacanze, perfino mia madre e la zia Virginia sono andate qualche giorno a Viserba da una loro cugina.

Mio padre è rimasto da solo e l'altra sera Vittorio lo ha portato qui.

Abbiamo cenato in tre, in un silenzio assurdo che a un certo punto Vittorio ha tentato di spezzare.

I miei ragazzi non hanno un grande rapporto col loro nonno. Temono di diventare come lui, anche perché quando erano adolescenti mi capitava di usare mio padre come monito.

«Mi sembra di rivedere tuo nonno quando te ne stai lì a ciondolare per casa», ho detto più di una volta all'uno e all'altro.

Me ne pento. Tutti i ragazzi hanno un momento in cui ciondolano per la casa. Ne hanno diritto. Stanno cercando un modo per capire e gestire al meglio se stessi e il mondo.

Papà, naturalmente, si è sempre comportato con Giò e Vittorio come con me quando ero piccolo. «Minimizzate i problemi degli altri ed esasperate i vostri», era stato il suo insegnamento per loro. Una versione appena modificata del motto che riservava a me.

Ricordo che era quasi a disagio le volte che andavo a trovarlo con i bambini. Non riusciva a concepire che parlassero di se stessi ponendosi, come fanno tutti i bambini, al centro del mondo. Non accettava che ci fosse qualcuno in famiglia che non gli chiedeva se si sentisse bene.

Adesso la lezione l'hanno imparata. Vittorio ascolta paziente le sue autodiagnosi. Perfino Giò si sofferma a parlare con lui della sua salute, magari insinuando la solita punta di sarcasmo, ma sa come farlo contento.

«Ora che anche tu sei prigioniero in una casa puoi capire cosa mi avete fatto subire, tu e tua madre», mi dice mio padre al termine della cena.

Sul tardi, quando sono già solo, passa Giò. Lo sento entrare, va in quella che è stata camera sua, rovista, prende qualcosa.

Accendo una sigaretta proprio mentre si affaccia nella mia stanza.

Mi vede, non si stupisce o non manifesta stupore. Ne prende una dal pacchetto, che è quasi finito. Domani chiederò a Irina di comprarne una stecca.

«Ho deciso di accettare una bella proposta. *Morte di un commesso viaggiatore.* Faccio Biff, il figlio grande. Non mi pagano un granché, ma è una produzione prestigiosa. È per l'anno prossimo: un mese di prove e tre mesi in giro. È una parte che sento mia, che va bene per me, non trovi?»

Chi ha letto *Morte di un commesso viaggiatore* sa quanta cattiveria ci sia in questa frase di Giò.

Vorrei rispondergli che suo padre è molto diverso dal protagonista, e che anche lui è diverso dal figlio con cui ha in comune solo un devastante risentimento verso il genitore.

Invece sorrido e approvo vigorosamente con la testa.

«Magari quando comincio a studiare la parte ti faccio sentire qualcosa.»

Certo. Avermi davanti lo aiuterà sicuramente a entrare nel personaggio.

Fumo le ultime tre sigarette del pacchetto. Sta passando anche questo mese di agosto. Non fa neanche tanto caldo, e verso l'alba arriva un temporale a farmi compagnia.

XV

Eppure la giornata era cominciata come tutte le altre: Irina, colazione, televisione. Riprendere a fumare mi aveva messo di buon umore, come il fatto che in quel periodo ci fosse poca gente a casa.

Stavo guardando un telefilm: un tizio era in una stanza d'albergo con una bella ragazza come ostaggio. «Non fare sciocchezze Klaus», gli urlava un poliziotto in borghese. È stato su questa battuta che ho sentito il rumore della chiave nella toppa. Era Carola, rientrata prima dalla vacanza. Ha buttato la valigia in terra e si è messa a piangere, forte. Io non avevo voglia di alzarmi dalla mia sedia a rotelle, così mi sono spinto fin nell'ingresso.

Accovacciata contro il muro pronunciava frasi sconnesse.

Irina le dà un bicchiere d'acqua, anche lei pare scossa. Carola trema seduta sul divano, ma finalmente, dopo dieci minuti, riesce a parlare in modo comprensibile.

«Hanno ucciso Massimo», dice. «Ho visto il cadavere mezz'ora fa in obitorio.»

Le suona il cellulare. È un'amica di Barbara. A lei racconta tutto.

Massimo e Barbara erano tornati a Milano il giorno prima. Lei si era fermata da sua madre, lui era andato a casa a disfare la valigia. Doveva togliere le cose del mare e metterci quelle per Parigi. L'indomani sarebbero partiti e avrebbero raggiunto degli amici, tra cui Carola, per trascorrere qualche giorno insieme tra boulevard e brasserie. Barbara aveva iniziato a chiamarlo alle undici, e anche se lui non rispondeva non si era preoccupata.

Verso sera era andata da lui e lo aveva trovato morto in salotto.

Gli avevano sparato tre colpi e se n'erano andati.

Non avevano rubato niente e la serratura non era stata forzata. Un giovane cronista avrebbe sicuramente commentato che «la vittima conosceva bene il suo assassino».

A mezzanotte Carola sapeva già tutto e poco dopo saliva sul primo volo per Milano. Appena sbarcata era corsa in obitorio, dove aveva incontrato Barbara.

Nel primo pomeriggio la casa comincia ad animarsi; amici e colleghi di mia moglie che passano prima o dopo essere stati da Barbara. Io rimango chiuso in camera finché non sono usciti tutti, compresa Carola.

Qualche telegiornale riferisce la notizia del «misterioso omicidio».

Verso sera arrivano Giò e Vittorio, per una volta insieme.

A tavola parlano molto. Non li vedevo così uniti da quando erano piccoli.

Naturalmente l'argomento è obbligato: chi poteva aver interesse a uccidere Massimo? Non era una persona ricca, e in ogni caso non c'era stato alcun furto. Non aveva nemici. Il pensiero di una doppia vita non era credibile, non l'avrebbe neanche retta un'altra vita, oltre a quella che aveva già.

«Qualcuno ha voluto fargli pagare qualcosa», dice Giò, guardando negli occhi il fratello.

«Qualcuno che ha una pistola e il coraggio di usarla», risponde pronto Vittorio, reggendo lo sguardo solo fino a metà frase.

Cala un silenzio molto profondo. Ognuno si chiude nei propri pensieri.

Carola chiama per avvisare che rimarrà a dormire da Barbara. I ragazzi se ne vanno verso mezzanotte.

Io a dormire non ci penso proprio, rimango in salotto a fumare e a riflettere.

Più passa il tempo, più le mie congetture assumono la forma del delirio, sovrapponendosi al sonno e al sogno.

Nel mio dormiveglia sulla poltrona immagino un vendicatore, un serial killer con un volto conosciuto ma di cui non riesco a tracciare un identikit, che torna e finalmente mi uccide, ponendo rimedio al suo errore.

Irina mi trova rannicchiato la mattina dopo in un bagno di sudore.

La notte è passata e nessuno mi ha ucciso.

Accendo una sigaretta tentando di sorridere delle mie paure.

All'ora di pranzo l'appartamento diventa sede di una riunione plenaria di famiglia. A parte Carola ci sono tutti, anche i miei genitori e la zia.

Parlano di un commissario, «un bell'uomo, anche se un po' plebeo e sbrigativo» è il commento di zia Virginia, formulano ipotesi perlopiù strampalate, «magari aveva un'amante e voleva lasciarla», è la geniale intuizione di mia madre. Come sempre accade, esaltano – chi con affetto, Vittorio, chi con enfasi, mia madre e zia Virginia – le qualità della vittima. Solo Giò evita di sbilanciarsi, mentre mio padre ascolta senza commentare.

Irina serve da bere lanciandomi di tanto in tanto uno sguardo preoccupato.

Prima di cena compaiono Carola e Barbara. Le donne si abbracciano in lacrime, mentre Irina prepara qualcosa da mangiare per tutti e se ne va senza salutare, discreta come sempre.

Arrivano altre due amiche e un ragazzo con la faccia da stagista.

È il momento di tornare in camera. Lascio la porta aperta più per curiosità che per la voglia di farmi raggiungere da qualcuno.

Ascolto i loro discorsi. Barbara si fermerà a dormire, non ce la fa a rimanere da sola.

I funerali non sono ancora stati fissati, il magistrato ha disposto l'autopsia.

I telefoni, quello fisso o i cellulari, continuano a squillare fino a tardi. Barbara non vuole parlare con nessuno, è Carola a prendersi cura di lei, a farle da filtro. Ripete cento volte la stessa storia con sfumature diverse, aggiungendo o omettendo particolari.

Spengo la luce, vorrei dormire un po'. Il volume del chiacchiericcio diminuisce a mano a mano che la gente se ne va.

Alla fine rimangono solo loro, le due amiche. Carola viene a chiudere la porta. Prima di farlo indugia un attimo, forse si domanda se è il caso di verificare se sto dormendo e se no di darmi la buonanotte. Naturalmente decide che non è il caso.

La sento ancora parlare per un po'; ogni tanto alzano la voce. Barbara singhiozza. Intuisco che si copre la bocca con la mano. Ogni tanto pronuncia il nome di Massimo.

Massimo era esattamente come io non avrei mai voluto essere, tuttavia trovavo interessante la pacatezza con cui osservava la vita più che viverla.

Dopo quel giorno al bar i nostri rapporti non erano più stati naturali. Non che prima fossimo amiconi, ma il fatto di sapere che lui sapeva e viceversa ha permeato di imbarazzo ogni nostro incontro.

Chissà quante volte aveva ascoltato Carola lamentarsi di me. Chissà se qualche volta mi aveva invidiato, almeno per un attimo. Forse pensava che lo disprezzassi, e non era vero. Al massimo mi era capitato di compatirlo, non tanto per la sua esistenza così lineare, ma per aver investito tutto su una sola persona, senza crearsi alcuna alternativa e alcuna via di fuga.

Sono uomini come lui, ho sempre creduto, che si accorgono quando vengono traditi, perché si mettono con donne che provano sensi di colpa nei loro confronti. Quelli come me, non riuscendo mai a dare piena serenità alla compagna, le lasciano una nota di insoddisfazione che può anche sfociare in un tradimento, ma lei si guarda bene dal confessarlo, poiché non si sente mai del tutto colpevole.

Forse ha ragione mia madre. Magari Massimo aveva un'altra donna.

Quelli che non tradiscono mai la volta che ci provano finiscono con il combinare i pasticci più grossi.

Le persone come me rimuovono, si assolvono, voltano pagina rapidamente, amano il proprio piacere più di quanto possano amare qualcun altro, chiunque altro. Riescono a ragionare e a non soffrire mai fino in fondo.

Se aveva un'altra donna lo ha sicuramente ammazzato lei. Penso a questa improbabile e affascinante ipotesi quasi con un sorriso. In realtà sto cercando di scacciare un pensiero: e se la morte di Massimo avesse un nesso con il mio «incidente»? Potrebbe essere stato lui a spararmi, qualcuno lo ha scoperto e lo ha condannato a morte.

Per una volta nella vita ha fatto una pazzia, ha sparato all'uomo che ha identificato come suo rivale in amore, poi però non è riuscito a mantenere il segreto, lo ha detto a qualcuno. Alla persona sbagliata. Ma chi avrebbe avuto il coraggio di sparare a lui? Vittorio? Non me lo immagino ad andare in giro con una pistola, e a ogni modo non credo avrebbe lo stomaco per usarla.

C'è anche una seconda possibilità. Massimo scopre chi è stato a cercare di uccidermi. Lo scopre per caso. L'altro, o l'altra, si spaventa, teme che lui ne parli con Barbara, o peggio che vada alla polizia, anche se non ha prove. Va a trovarlo senza nemmeno sapere bene cosa dirgli. I due hanno una discussione e il «killer», preso dal panico, gli spara.

Devo uscire dalla mia tana. Devo mettere tutti

sotto pressione, l'aria innaturale che si respira attorno a me deve cambiare. È il momento giusto. La nuova tragedia sta costringendo quelli che mi circondano ad abbassare la guardia.

Mi addormento con il mio proposito.

L'estate è finita, e molto bruscamente.

XVI

CHE FINE HA FATTO GIORGIO SALA?

È il titolo di un articolo. Naturalmente parla molto bene di me, ripercorrendo la mia carriera e intervistando qualche mio collega.

«Una vita sempre vissuta al massimo...» Già, quando ero ancora nella mischia si parlava di me come di un irresponsabile, uno leggero, uno che avrebbe potuto fare molto di più se non avesse avuto tanti vizi a distrarlo. Adesso i miei vizi sono diventati peccati veniali. C'è anche una foto che mi ritrae con Carola e i bambini, uno degli ultimi scatti di famiglia. Lei sorride, ma sul suo viso c'è un velo di tristezza che ricordo bene. Un velo di tristezza e ansia. Io sorrido, ma probabilmente volevo essere da un'altra parte.

«In tutte le foto con me e i bambini hai sempre quella faccia», mi fa notare Carola, «non ce n'è una in cui sei completamente felice, a tuo agio.»

L'articolo muove una piccola reazione a catena. Anche altri giornali si interessano al mio caso, vengo perfino citato in televisione.

«Giorgio, ti aspettiamo tutti» è la chiusura di un servizio fatto da una conduttrice specializzata in programmi strappalacrime.

Arriva anche qualche invito: un'ospitata, un servizio fotografico, un'intervista in esclusiva.

Per fortuna tutti fanno quadrato, mi difendono e mi proteggono.

Un gesto di affetto da parte di tutta la mia famiglia, anche se non posso non pensare che uno di loro deve avere una maledetta paura che io cominci a parlare, e che magari lo faccia per raccontare che non sono stato io a spararmi.

Anche per questo motivo non ho fatto sapere a nessuno che ho iniziato a scrivere. È un segreto che divido con Irina, e lei è sempre attenta a far sparire i foglietti che le affido.

Ma c'è un'altra novità. Quando sono solo faccio delle prove di voce. Ho vinto la mia ripugnanza per quei suoni a volte gutturali a volte rauchi che escono da uno strumento che è stato una delle chiavi del mio successo, e che ora non ha più nessuna delle caratteristiche che tanto piacevano.

Ripeto le frasi che sento dire in televisione. Provo e riprovo. Cerco di abituarmi all'orribile gorgoglio che esce dalla mia bocca. E per ora non rivelo la cosa neanche a Irina. Mi vergogno ancora, ma so che presto o tardi parlare mi servirà, magari per la resa dei conti.

Per tutto settembre i momenti di solitudine in casa sono stati rari. Barbara non se l'è sentita di tornare a vivere da sola, per ora, spero lo farà adesso che il medico legale e il magistrato hanno permesso che Massimo fosse avviato alla sua dimora definitiva. I risultati dell'autopsia erano scontati. Nel corpo non hanno trovato nulla, né alcol, né droghe. Le indagini sono a un punto morto. Qualcuno è entrato in casa, probabilmente suonando il campanello, ha amabilmente conversato con la sua vittima e infine gli ha sparato. I vicini erano in vacanza, l'assassino se ne è andato e nessuno ha visto o sentito nulla. La pistola calibro 7.65 che ha lasciato tre fori nel corpo non è stata trovata. Uno solo dei colpi sparati è risultato fatale, quello che ha reciso l'aorta. Nessun bossolo è stato rinvenuto sul luogo del delitto. Così mi hanno raccontato Giò e Vittorio. Un lavoro pulito, senza sbavature, molto diverso da quello che ho subito io, da una persona che non è riuscita a uccidermi neanche sparandomi alla tempia mentre dormivo. Forse ha chiuso gli occhi, forse era troppo agitata anche per compiere un delitto tanto semplice. Più ci penso, più mi convinco che chi ha ammazzato Massimo non è la stessa persona che, maldestramente, ha provato ad ammazzare me.

«La chiesa era piena. Si vede che era un brav'uomo e tutti gli volevano bene.»

È stato questo il commento di mia madre al ritorno dal funerale.

Come se alle esequie di un pezzo di merda non andasse nessuno.

Carola mi ha chiesto se volevo partecipare, ma ho subito scosso la testa. Evitavo i funerali anche quando stavo bene, figuriamoci adesso. Dopo la cerimonia molti sono passati da casa; amici più o meno lontani, colleghi di Carola e di Barbara. Mi sono chiuso in camera finché non sono usciti a cena.

Verso le undici Carola, Giò e Vittorio sono rientrati. Niente Barbara, finalmente. Per una sera sarà andata dalla madre.

«Fermatevi a dormire, almeno stanotte...» ha detto Carola ai nostri figli.

Così, ad anni di distanza, ci ritroviamo tutti e quattro sotto lo stesso tetto, ma senza bambini che si svegliano la notte. È lontano quel senso di temporanea pace che lascia il posto all'impazienza, alla voglia che arrivi in fretta il giorno in cui si può ripartire, andare fuori e prendersi ciò che ritieni ti spetti. Adesso ci sono quattro persone che cercano di dormire, ognuno immerso nei suoi pensieri, nei suoi rancori, nei suoi ricordi. Quattro persone che si conoscono poco, ma quel tanto che basta per alimentare il rimpianto e il risentimento.

Nessuno si alzerà, stanotte, nessuno chiamerà, nessuno manifesterà il bisogno di qualcosa.

Ognuno per se stesso, questa è la regola non scritta, ormai.

La mattina mi sveglio per ultimo. Carola è già uscita per andare a lavorare.

«Dai, papà, facciamo un giro in macchina», propongono i miei figli.

E rimangono parecchio sorpresi nello scoprire che accetto.

Usciamo dal retro e prendiamo l'auto dal box. In strada c'è un fotografo appostato. Ogni tanto qualche paparazzo a corto di idee perde ancora la giornata nella speranza di immortalarmi mentre una badante spinge la mia sedia a rotelle. Evidentemente sono sempre considerato un discreto «colpo». Ma la carrozzella è nel bagagliaio, Giò guida e io sono sul sedile del passeggero con un cappellino e la barba lunga. Vittorio è seduto dietro, con la faccia protesa verso noi due e mi tiene la mano sulla spalla.

Non salgo in macchina da tanto tempo. All'inizio fatico ad abituarmi, mi sembra che tutti ci vengano addosso.

«Andiamo sul lago, Giò», propone Vittorio, «ci compriamo dei panini e ce li mangiamo nel primo posto senza gente che troviamo.»

Lui non risponde, ma va verso la tangenziale. Ha messo un cd, Lou Reed. Nessuno parla. La musica è stata l'unico punto di contatto tra me e i miei figli.

Quando facevo ascoltare loro le mie passioni giovanili si creava un affiatamento che, soprattutto col maggiore, era impossibile in ogni altra circostanza.

Anche oggi ascoltano quello che ascolto io: Bowie, Lou Reed, il progressive, Dylan e il punk. Se Giò ha messo Lou Reed vuol dire che è in buona.

Arriviamo in un paesino del Lago Maggiore. C'è un bar chiuso, con delle panche di legno. Non è vero che il lago è triste. Non quando sei con i tuoi figli, anche se non li capisci, anche se non li hai mai capiti, anche se forse non li conosci e loro non conoscono te. Anche se non ti sei mai veramente occupato di loro.

Giò mi offre una sigaretta.

«Lo sappiamo che fumi più di prima.» Poi si rivolge al fratello: «Vittorio, vai tu a comprare da mangiare, rimango io».

Vuole dirmi qualcosa. È imbarazzato. Lo intuisco perché non mi aggredisce come al solito.

«Io credo che tu non voglia riprenderti», comincia appena siamo soli. «Nessuno ha capito bene perché non parli e perché non vuoi camminare, anche se ne sei capace. Secondo me vuoi farci sentire in colpa. È una cosa che ti riesce molto bene, da sempre.» Mi tocca la spalla, vuole rassicurarmi che non ha intenzioni bellicose. «Credo che se tu volessi potresti tornare come prima. Potresti fare anche un intervento per mettere a posto la tempia. Alla tua età non bisogna mica essere belli in modo canonico. Basta essere interessanti, e tu potresti esserlo anche con la faccia un po' storta.»

Lo trovo leggermente retorico, non è da lui. Gioca con il mio bastone. Non ha ancora finito, non è arrivato al dunque. Ne sono sicuro. E infatti riprende.

«Non sarà una consolazione per te, ma sappi che quello che ti è successo mi ha aiutato a superare molti rancori. E non perché ti ho visto soffrire, almeno non solo per questo. Ho potuto parlarti, ti ho costretto ad ascoltarmi. Mi sono sfogato. Poi ho cercato di rileggere la tua vita dal tuo punto di vista. Il tuo sfrenato egoismo lo hai ereditato dal nonno, ma mentre lui è rimasto immobile a veder passare la vita, tu l'hai consumata nevroticamente. In tutto questo mia madre era un ostacolo. Noi eravamo un ostacolo. Probabilmente non eri strutturato per fare altrimenti.»

In pratica mi sta dicendo che ringrazia il mio «incidente». Vorrebbe aggiungere altro, forse ha ancora in serbo la parte più importante del discorso, ma arriva Vittorio con i panini. Mangiamo e beviamo birra, poi fumiamo in silenzio. Il sole scende dietro le siepi, la temperatura si abbassa, mi infilano il giubbotto e mi riportano in macchina. Torniamo ascoltando Leonard Cohen fino a quando Giò dice: «Devo svegliarmi». E mette i Clash.

Per un attimo lo ringrazio anch'io, il mio «incidente». Questo giorno non lo avrei mai vissuto se non fosse successo quello che è successo.

Mi lasciano a casa. Irina mi aiuta, mi toglie le scarpe, mi guarda e, come sempre, non commenta.

Un piccolo brandello di muro è caduto. Giò mi ha rivelato qualcosa, ma non tutto.

Ho intorno delle persone che mi dicono solo una parte di quello che vorrebbero. Il resto lo tengono per sé, si nascondono.

Ma io ho imparato ad avere pazienza e ho dalla mia un bene che non conoscevo, il tempo.

XVII

Ottobre è alla fine. Barbara è entrata nella seconda fase del lutto, quella in cui la disperazione lascia il posto a un dolore persistente, acuto, che si manifesta quando le giornate sembrano vuote, interminabili. Carola non la lascia mai sola, la porta in giro. Di Massimo si parla il meno possibile. Le indagini non hanno condotto a niente. La polizia ha fatto e rifatto il giro degli amici e dei colleghi alla ricerca di un movente, ma non è emerso nulla.

C'è qualcosa di strano. A volte percepisco un certo imbarazzo da parte dei miei parenti. Qualcosa di non detto, di non manifestato, aleggia nei silenzi e negli sguardi bassi.

Mio padre è stato male, lo hanno portato in ospedale. Ci è rimasto due giorni ed è stato dimesso. Qualcosa ai polmoni, credo. Appena comincia a raccontare mi distraggo, l'ho sentito troppe volte lamentarsi come se fosse ormai moribondo.

Lo so, così facendo non lo ascolterò neanche quando la cosa sarà seria davvero, quando sarà davvero vicino alla fine, e allora ci rimarrò male. E forse mi mancherà, e non saprò spiegare perché. Dovrei fare delle domande a mio padre finché sono in tempo: com'era da ragazzo? Quando ha cominciato a cambiare? E soprattutto: cos'hanno trovato lui e la mamma, l'uno nell'altra, che li ha fatti innamorare, che li ha spinti a sposarsi e fare un figlio? Sono così diversi. Ho visto solo qualche foto di loro giovani, poche stampe ingiallite: il matrimonio, mia madre che abbassa la testa per firmare il registro e mio padre con un garofano bianco all'occhiello.

Raccontano tutti di quanto papà fosse brillante e simpatico. Posso confermarlo. Da bambino ero innamorato di lui senza che lui facesse nulla per meritare una venerazione che cresceva quanto più lui centellinava le sue attenzioni verso di me. In fondo sembrava che la mia esistenza non lo riguardasse direttamente.

Dopo la faccenda della casa, però, anche quel poco di interesse che mi riservava era scomparso. Voleva punirmi, il suo scopo era che io mi sentissi in colpa. Avrebbe fatto qualsiasi cosa pur di farmi provare rimorso.

Il mio «incidente» ha di nuovo cambiato un po' la situazione. Il fatto che io stia pagando un conto tanto salato sembra rasserenarlo. L'unico dispiacere è che non può più presentarsi come la persona più malata, più in difficoltà della famiglia, ma per fortuna io non parlo e, di conseguenza, non mi lamento.

Mia madre, intanto, continua a coltivare il suo passatempo preferito, l'eroico piacere di dedicarsi totalmente agli altri e di lamentarsi con i beneficiati – fra cui adesso c'è anche Barbara – di quanto ciò sia faticoso.

Io, da parte mia, aspetto con gioia i momenti di solitudine in cui scrivo e provo a parlare. Ho anche ripreso a bere, e comincio a ingrassare.

Irina mi ha scoperto mentre seguivo canticchiando un pezzo di Dylan, andavo sull'ottava bassa perché non ci arrivavo e perché non volevo farmi sentire.

«Piano piano la tua bella voce torna», ha detto con un sorriso.

Non ho bisogno di raccomandarle di tenere il segreto, so che lo farà.

Ultimamente ho notato che parla poco anche con me. Come se si fosse adeguata al senso di imbarazzo che aleggia per tutta la casa, un'atmosfera sempre più densa, palpabile, che aumenta il mio disagio.

Per la prima volta mi è capitato di pensare che sarebbe bello uscire dalla mia condizione. Ma come? Andando in televisione a fare il fenomeno da circo per poi procurarmi qualche scrittura in una produzione interessata a me più come caso umano che come attore? Sì, forse avrei recuperato la voce, ma cosa ne avrei fatto? L'avrei usata per rilasciare interviste false e strappalacrime in cui avrei spiegato perché volevo farla finita o avrei raccontato a tutti che qualcuno, qualcuno della mia famiglia, probabilmente, mi aveva sparato in testa mentre dormivo? Mi avrebbero preso per pazzo? Avrebbero riaperto le indagini? La realtà è che sono in trappola.

Eppure dev'esserci qualcuno più preoccupato di me, qualcuno che teme che io mi svegli dal mio torpore e cominci a fare domande, a parlare, ad accusare. Qualcuno che è costretto a preferirmi muto e invalido, visto che non sono morto, qualcuno che se si accorgesse che sto ricominciando a parlare entrerebbe nel panico.

Mi sembra ancora impossibile che una delle persone che mi circondano abbia colmato il profondo fossato che separa l'astio dall'odio, e quello ancora più profondo che di solito impedisce all'odio di trasformarsi in volontà omicida. Però di motivi di risentimento nei miei confronti ne avevano tutti in quantità.

Ricordo una volta che Giò mi rovesciò addosso tutto quello che non riusciva a dirmi, cercando di colpire duro, di entrare a gamba tesa sul mio ego.

«Sai cosa ho capito», mi disse, «che con te bisogna abbassare il livello della conversazione. Se si tratta di aneddoti, di stupidaggini, di goliardia sei fortissimo, e tutto gira alla perfezione. È quando il discorso diventa serio, quando devi fare il padre, che cadi miseramente. Come compagno di cazzate saresti perfetto.»

In quell'occasione era presente anche Vittorio. Chinò la testa e non disse nulla. Quel gesto e quel silenzio mi fecero ancora più male delle parole appena ascoltate. Non mi aveva difeso, un atto molto significativo trattandosi di lui.

E mia madre? Quando fu costretta ad archiviare la fase «non ce la farai mai», ripiegò sul mio fallimento come marito e come padre. Supportata da zia Virginia, che soffiava sul fuoco, non perdeva occasione per dirmi che un uomo, per avere successo, per sentirsi realizzato, non poteva prescindere dal portare a termine il proprio progetto familiare. E doveva riuscirci al primo tentativo, non come tutti quelli che disfano e ricostruiscono a piacimento. Mi riteneva debole, schiavo dei sensi e del mio egoismo. Il fatto che la gente venisse a teatro o andasse al cinema per vedermi recitare lo considerava un immeritato e temporaneo regalo del demonio.

«Un giorno pagherai per tutto questo», ripeteva, «il Signore non fa sconti.»

Alla rabbia vera e propria che è sempre tracimata su di me da Giò e da mia madre, negli anni hanno fatto da accompagnamento il cupo e visionario malanimo di mio padre e gli ostinati sorrisi di Barbara e Massimo, sempre impegnati a dimostrare che il mio passaggio li aveva resi migliori e più forti.

Quanto a Carola, mi rendo conto che non la conosco più. Nemmeno questi mesi di surreale convivenza coatta ci hanno riavvicinato. È altrove, e non perde occasione per farmelo notare. In lei il rancore si è ridotto a un lampo nello sguardo, a un attimo indecifrabile sospeso tra rimpianto e disprezzo. Niente amore e niente odio.

Mi sento solo. Irina è sempre solerte, impeccabile, gentile, ma si è allentata quella complicità su cui facevo affidamento. Non sembra più ansiosa di tenermi per mano nel percorso verso la verità, forse si è convinta che la verità potrebbe ferirmi con più precisione della pallottola che mi ha sfigurato e menomato.

Inizio a provare piacere quando mi arrivano le lettere di Michela, e comincio anche a leggerle. Continuo a tenerla lontana, a non permetterle di vedermi, a non incoraggiarla, ma in cuor mio spero che non mi abbandoni. La sua ostinazione mi intenerisce. Dice che scrivermi la fa sentire bene, e a me piace che mi racconti della sua vita. È bello sapere che esiste qualcuno la cui principale occupazione non è scaricarmi colpe addosso. Certe volte meno fai e meno sbagli, e il fatto che lei non conoscesse il Giorgio Sala che invece conoscevano le persone a me più intime, rappresentava un vantaggio per entrambi.

Il problema principale è, come sempre, passare il tempo. La vita finisce in fretta, ma certi pomeriggi sono veramente interminabili. Ho ripreso a leggere, come quando ero ragazzo; per troppi anni mi sono dedicato solo ai copioni. È un'attività che può esaltarmi, divertirmi, ma anche trascinarmi nella disperazione più cupa. Dipende dai momenti. Quando supero il livello di guardia metto un dvd, più che altro classici del cinema che richiedo a Irina scrivendo i titoli su un foglietto. Altri film me li porta Vittorio; lui predilige il genere brillante, con l'ingenuo proposito di risollevarmi il morale.

A metà novembre Giò comincia a prepararsi per il suo Biff, il figlio del *Commesso viaggiatore*. Qualche volta viene a provare davanti a me.

«È un personaggio interessante, disperato, complesso», mi dice.

Sta cercando la chiave per interpretarlo e forse lo aiuta il fatto di parlarne a me. O forse ha solo bisogno della mia presenza per alimentare il risentimento indispensabile per dare vita a quella parte.

Mia madre prende a lamentarsi di papà, come sempre.

«Non ce la faccio più. Passa il tempo e i suoi difetti peggiorano, diventano insopportabili. Ogni tanto devo perfino lavarlo. Se fosse per lui rimarrebbe in vestaglia tutto il giorno. In casa abbiamo sempre la luce accesa, non mi lascia aprire le finestre. Viviamo in una catacomba. Quando usciamo, e usciamo solo per venire da te, devo dirgli di prepararsi quattro ore prima. E seguirlo come un bambino, se no si blocca, si incanta, chissà a cosa pensa. E mai un complimento, una frase gentile. Se parla, è per dire qualcosa di se stesso.» In pratica, nessuna novità.

Il mio silenzio comincia a opprimermi. Appena rimango da solo assaporo il piacere di articolare parole. Senza dirlo a nessuno sto lentamente preparando il mio rientro da protagonista, se non nella vita, almeno sull'unico palco che posso ancora calcare: questa casa.

XVIII

Te l'ho sentito dire al cinema: bisogna cercare di fare le cose che ci aiutano a stare meglio. Ecco perché continuo a scriverti. Hai sempre pensato che ti idealizzassi, figuriamoci cosa penserai adesso. Io scrivo e tu non rispondi. Eppure sono sicura che mi leggi, e mi piace pensare che la cosa ti faccia felice. Ci sono abitudini che piano piano ci fanno stare meglio, senza che ce ne accorgiamo. Ti immagino che sorridi quando sei da solo e magari rileggi una di queste lettere. Mi basterebbe un tuo sorriso, mi basta sapere che hai passato due minuti senza fare brutti pensieri. Io sto bene, faccio qualche lavoro (ho curato una mostra di quadri, sai? Mi hanno pagato pochissimo, ma lo rifarei...) e continuo a pensarti. Non ho nessuno, te l'ho già scritto. E la cosa non mi pesa minimamente. Non te lo sto dicendo per qualche scopo nascosto, voglio che tu sappia che si può tranquillamente vivere senza un fidanzato, anche alla mia età, e non sentirne la mancanza. Faccio un sacco di cose e continuerò a raccontartele. Anche se non è mai suc-

cesso nulla tra di noi avrei tanta voglia di vederti e parlare con te. «Amare vuol dire esagerare la differenza tra una persona e il resto del mondo.» Te l'ho sentito dire in teatro. È proprio così, io ti ho sempre considerato unico, ho sempre visto in te una persona meravigliosa. Non mi hai mai taciuto i tuoi difetti e le tue debolezze, anzi li hai ostentati, ma io credo che le grandi persone siano quelle che fanno stare bene gli altri, e tu mi hai fatto stare benissimo, magari senza neanche volerlo. E ci riesci ancora, perfino con il tuo silenzio, che io interpreto come un gesto (sbagliato!) di affetto.

Martedì ti ho visto da lontano. Non hai mai sorriso. Non vedevi l'ora di infilarti nella macchina di Vittorio. Avrei voluto venire ad abbracciarti.

Sorridi, quando puoi, e sappi che sono qui.

Michela

Alla fine le lettere di Michela le ho lette tutte. Questa è una delle più belle. Le conservo in un cassetto insieme ad altre cose che ogni tanto ho voglia di guardare: qualche ritaglio di giornale, alcune foto di Giò e Vittorio da bambini… E i miei quaderni. Sono almeno sette, contengono annotazioni su tutte le rappresentazioni che ho fatto: quanta gente c'era, com'è andata. Ho cominciato da ragazzo, alle prime uscite, quando ancora pensavo che sarebbe finita da un momento all'altro. Poi ho continuato, un po' per scaramanzia e un po' perché mi tornava utile sapere quando ero stato in una certa città, quante repliche avevamo fatto, quale era stato il gradimento del pubblico. Se avevo una storia, anche di una sola notte, aggiungevo un pallino nero; nessun nome. All'inizio, naturalmente, i pallini neri erano pochissimi. Dopo i primi successi al botteghino, ma soprattutto dopo le prime apparizioni in televisione, erano aumentati parecchio, fino a raggiungere una cadenza quasi quotidiana. Ogni tanto li osservo cercando di dare un volto e magari un nome a quei segni, termometro del mio successo e della mia scarsa eleganza. Cerco di ricostruire la serata, ma non è facile, in particolare quando il teatro era in una grande città, dove le repliche arrivavano alla quindicina: tutti i giorni escluso il lunedì per due settimane; domenica doppio spettacolo. Provo a ricordare come facevo, cosa dicevo prima e dopo, provo a mettere a fuoco persone e situazioni. Chissà dove sono tutte quelle donne, con chi sono, quanti figli hanno, chissà se si ricordano di avermi incontrato. Chissà se qualcuna di loro ha mai provato un briciolo di nostalgia, rimorso o rancore. Una volta Giò ha trovato uno dei quaderni, lo ha aperto, ha notato i pallini neri e ha detto: «Spero non sia quello che penso». Come sempre ha cercato di ferirmi. In realtà io credo di non aver ingannato nessuno. Sì, forse sono stato compulsivo nel mio desiderio di conquista, ma è stato solo per la paura di invecchiare, che negli attori, negli uomini di spettacolo, è più forte di ogni altra paura.

«È perché è un artista che tutti lo prendono per egoista», diceva Piero Ciampi.

Aggiungerei che il prezzo che paghi per stare sul palcoscenico è altissimo, anche se, pur di rimanerci, saresti disposto a pagarne uno ancora più alto.

Soprattutto in amore. C'erano giorni in cui io sparivo, non telefonavo, non davo segni di vita. Ero da un'altra parte, a volte fisicamente, a volte solo con la mente.

Per uno che ha i miei trascorsi la situazione attuale ha dell'incredibile, confinato in casa con una donna che mi detesta e un'altra che mi accudisce, da cui dipendo come un bambino, a leggere le lettere dell'unica che, non conoscendomi quasi per nulla, non manifesta rancore nei miei confronti, un'ammiratrice. E intorno a me centinaia di volti, fantasmi che sono finiti chissà dove, sempre più lontano, e che magari adesso, dopo quello che è successo, invece del rancore, esercitano una specie di compassione a distanza. Ecco perché non darò a nessuno, finché mi sarà possibile, il piacere, o in qualche caso il dolore, di vedermi in questo stato.

Da quando è arrivato l'inverno esco ancora meno e Irina insiste sempre meno perché lo faccia. Le sue difficoltà a rapportarsi con me aumentano di giorno in giorno.

Qualcosa è cambiato.

Così quando mi dice che deve parlarmi, capisco che siamo a una svolta nel nostro rapporto. Capisco che stanno per arrivare notizie. Rivelazioni. Che la matassa si sta sbrogliando o forse complicando ulteriormente.

Le svolte, nella vita, presentano sempre due direzioni.

XIX

Un disco di vinile stava riversando nella mia stanza le note della quinta sinfonia di Mahler. La televisione era accesa come al solito, senza audio.

Ascolto sempre musica classica quando voglio mantenermi in contatto con il mondo esterno e intanto leggere, scrivere o esercitarmi a parlare. Con il rock o altro finisco per lasciarmi distrarre dal testo della canzone o dalla voce del cantante. Facevo così anche quando studiavo o imparavo a memoria una parte. La musica sinfonica e quella da camera mi favoriscono la concentrazione, ancor più se mi giungono un po' graffiate da una vecchia incisione. Certo, Mahler è oscuro, complesso, travagliato, ma non ci sono parole tra lui e l'ascoltatore.

Ho percepito che stava per succedere qualcosa di importante appena Irina è entrata nella mia stanza. Gustav sarebbe stata la colonna sonora dell'evento.

«Domani io vado a casa in Ucraina», mi dice. «A trovare i miei figli per Natale. In casa mia c'è qualche problema perché mia madre e mia sorella sono stanche di tenere i ragazzi che sono grandi e cominciano a uscire. Forse bisogna che io sto un po' di tempo là per trovare una soluzione.»

Tiene gli occhi fissi a terra, cerca le parole, è in difficoltà.

Questo è stato l'inizio di un discorso, non il suo punto di arrivo.

Per me non è il momento di nascondermi o di scrivere bigliettini, tanto lei sa che ho ripreso a parlare.

«Non torni più, vero?»

Le difficoltà che ho ancora a esprimermi mi rendono poco propenso a girare attorno alle questioni. Lei sussulta, non è abituata a sentire la mia voce, così diversa da quella di una volta, e non si aspettava una domanda tanto diretta. Ma continua.

«Io non so ancora. Forse io trovo lavoro lì, forse provo a fare la riunificazione in Italia, ma è molto difficile con la burocrazia italiana. Intanto io provo a vedere che cosa miei figli possono fare di lavoro là e che cosa possono fare qua.»

«Non stai più bene da noi?»

«Io sto bene con te. Ma la mia situazione è molto complicata.»

«Se c'è qualcosa che non va dimmelo, magari posso aiutarti.»

«Tu giuri che mantieni il segreto?»

«Giuro.»

«Io ho passato un anno molto duro perché sono affezionata a te. Quando è successo che ti hanno sparato io sono stata sconvolta, e ho deciso di aiutare te a capire chi è stato. Io ho cercato, io ho ascoltato, ma tutti sanno che io sto dalla tua parte. Tutti hanno trattato me come una spia, nessuno ha aiutato me. Loro non vogliono più bene a te.»

La sua voce trema. Le faccio cenno di sedersi. Scuote la testa e rimane in piedi, tormentandosi le mani.

«Io ho provato a frugare. Ho capito che ci sono cose tremende nella tua famiglia, tante persone che non parlano. Allora io ho deciso di fare qualcosa di più. Qualcosa che io non dovevo fare.»

Si morde la mano. È sul punto di piangere, i suoi occhi si fanno lucidi, ma non cede.

«Io sono andata dal signor Massimo. Io ero sicura che sapeva molte cose su quella notte. Lui era ubriaco, già di mattina. Lui ha trattato me molto male, ha detto che io sono una povera disgraziata senza cervello. Lui ha detto che io sono manipolata da te, ha detto così, che io sono manipolata da te e che tu sei una persona brutta come il diavolo. Lui è saltato addosso a me e ha detto fammi quello che tu fai sempre al tuo padrone. Io avevo la pistola in borsa, perché io ho pensato non si sa mai, meglio avere qualcosa per costringere lui a parlare. Quando tu vieni in Italia i primi tempi tu sei clandestino e conosci tante strane persone. Non è difficile procurarsi una pistola per un giorno, poi tu la restituisci e nessuno la trova più. Così io ho tirato fuori la pistola e ho detto a lui stai lontano e parla. Dimmi tutto quello che tu sai. Io ho detto che non scherzo.»

Non muovo un muscolo. Quasi non respiro. So che se la interrompessi non riuscirebbe più a proseguire. Mai più.

«Lui ha detto a me che io sono una puttana e che la mia pistola è finta. Lui ha cominciato a dire che tu hai rovinato molte vite, che tu tratti tutti come pedine di una tua scacchiera. Lui ha detto che tu hai fatto soffrire molto Barbara, che lei si è fidata di te e che tu hai giocato con la sua vita e con i suoi sentimenti. Io allora gli ho detto che è stato lui a sparare. Lui prima ha detto sì, poi ha detto cosa importa, tanto mezzo mondo ti voleva morto. Io ho detto a lui che Barbara ha deciso di stare con te, mica tu hai costretto lei. Lui si è messo a urlare che io non dovevo parlare di Barbara, che io sono una brutta troia, che Barbara è una persona onesta e tu sei un bastardo. Io ho detto che Barbara non è tanto onesta se ha tradito lui e anche la sua amica. Lui allora ha tentato di darmi un pugno, e io ho avuto paura. Io ho sparato. E sparato ancora.»

Ora sembra sollevata. Mi guarda come per chiedermi un parere, un giudizio. Cerco di rassicurarla con un cenno della testa.

«Io ho raccolto i bossoli e poi sono uscita, nessuno mi ha vista. Nessuno nota gente come me. Io ho restituito la pistola a una persona che io conosco e ho continuato la mia vita qui. Ma adesso è più difficile. Il tempo non aiuta in queste cose. Io ricordo sempre la sua faccia stupita quando io ho sparato. Stupore e poi paura della morte.»

«Non lo dirò a nessuno.»

«Lui ha sparato a te e io ho sparato a lui.»

È impossibile dare un seguito normale a episodi come questo. È chiaro a entrambi che non potremo più continuare la vita di prima, con il pranzo, la cena e il letto da rifare. Ci sono momenti che rappresentano un vero e proprio spartiacque. Momenti che rendono inutile ogni commento, momenti nei quali è successo tutto quello che doveva succedere e non si può tornare indietro. Argomenti impossibili da riprendere, sensazioni che non potranno mai essere raccontate.

«Domani io prendo l'aereo. Al posto mio viene una persona di mia fiducia, la signora Carola sa già tutto. Vedrai che tu ti trovi bene, è una signora molto brava, io ho spiegato a lei bene cosa deve fare per te.»

Si china verso di me e mi bacia sulla bocca. Odora di menta e bagnoschiuma. Non mi aveva mai nemmeno stretto la mano, i contatti fisici tra noi erano sempre solo stati quelli «pratici» per aiutarmi a sedermi, a sdraiarmi, ad alzarmi, nei primi tempi anche a lavarmi. Tutto avveniva guidato dalla sua robusta concretezza, tramite gesti precisi che non mi facessero mai sentire in imbarazzo. Questo bacio è stata la prima e l'unica intimità che mi ha concesso slegata da un rapporto lavorativo e gerarchico. Ed è arrivato per sancire un addio.

Un attimo dopo sono solo. La sinfonia di Mahler sta giungendo al termine. Giuseppe Sinopoli guida l'orchestra verso la chiusura. Allegro giocoso, brioso.

Mi restano due o tre minuti, poi dovrò decidere con quale musica proseguire la serata.

Vado incontro al Natale, incontro alla resa dei conti, ancora più solo.

Dovrei essere sollevato, ho saputo quello che volevo. Mi ha sparato un fidanzato tradito. È stato il gesto di un cornuto. Carola me lo ha ripetuto tante volte che prima o poi qualcuno si sarebbe incazzato sul serio e me l'avrebbe fatta pagare.

Ho atteso per mesi questo momento. Avrei voluto guardare negli occhi il mio carnefice, sentire il suo odio, magari scoprire se dietro al suo gesto c'era anche altro. Non potrò farlo. Lui è morto, ma le domande non sono finite.

La sinfonia è terminata, prendo un altro disco.

XX

Irina è partita. Si è portata dietro il suo segreto e io non ho nessuna intenzione di tradirla. In fondo sono io la causa del suo gesto, quanto meno sono un complice morale.

Perché ha sparato? Ha avuto paura, certo, ma forse ha anche voluto vendicarmi.

Non sono addolorato per la fine di Massimo, mi ha distrutto la vita, mi ha soppresso pur lasciandomi al mondo, solo con i miei pensieri terribili e i miei sensi di colpa. Certo, gli devo anche qualcosa. Senza di lui non avrei mai guardato la mia anima allo specchio, ma dopotutto perché dovrebbe essere obbligatorio farlo? Che io sappia, non lo fa quasi nessuno.

La sostituta di Irina è una ragazzona sbrigativa, ucraina anche lei, si chiama Maria. Probabilmente si ricorda di come ero prima, perché il suo sguardo è stupito, mostra una curiosità mista a soggezione. Credo di farle paura, in qualche modo, però controlla sempre meglio il suo stato d'animo.

È stata ben istruita. Di sicuro Irina meditava la fuga già da un po', e deve avere passato molto tempo a parlarle di me, a spiegarle le mie manie. Sa cosa può riferire delle nostre giornate al resto della famiglia e cosa deve tenere per sé. Va perfino a comprarmi le sigarette e i liquori senza che io debba chiederglielo.

Quando Carola le impartisce qualche ordine mi guarda, come se volesse farmi capire che era preparata anche a questo. L'altro ieri l'ha aiutata a fare l'albero di Natale. Le ha tenuto la scala mentre lei attaccava le palline colorate parlando al telefono.

Quell'abete finto tutto addobbato mi mette i brividi. Rende ancora più vivi gli incubi che mi perseguitano da un anno.

Mia madre quando l'ha visto ha portato le mani alla bocca e ha esclamato: «È bellissimo. Eh sì, Carola è sempre stata una donna di buon gusto».

«A parte quando ha sposato te», ha aggiunto zia Virginia fissandomi con il sopracciglio inarcato.

Mamma ha annuito e mi ha indirizzato una specie di sorriso d'intesa. Era come se stesse cercando la mia complicità. Forse dà per scontato che anch'io sia d'accordo con l'affermazione della zia.

Sono in salotto, in piedi appoggiato al mio bastone, quando la porta d'ingresso si spalanca rumorosamente. È Carola, carica di pacchi. Rovescia tutto sul divano e si rivolge subito a me, senza nemmeno un saluto.

«La vigilia siamo tutti qui a cena», mi dice. «Fammi sapere se vuoi mangiare con noi o se preferisci startene chiuso in camera.»

Chissà quanto se l'è studiata una frase simile. Un'espressione come «fammi sapere», pronunciata senza neanche guardarmi, comunica un disinteresse troppo ostentato per essere involontario.

«Mangio con voi», rispondo, meravigliando anche me stesso. È la prima volta che parlo con qualcuno da quando Irina se n'è andata.

Carola si alza di scatto.

«Che bella novità», dice; si sforza di non mostrarsi sorpresa, ma la sua voce ha perso sicurezza. «E da quand'è che abbiamo riacquistato la favella?» Il suo viso ha un'espressione indefinibile. La bocca dice una cosa, gli occhi un'altra.

«Ci provo», replico.

«Bene, complimenti. Chissà, magari un giorno tornerai a recitare. Un po' di palestra, una bella plastica e potrai di nuovo rovinare la vita di qualche brava ragazza.»

Mi volto e rientro in camera.

«Una volta avevi il senso dell'umorismo, almeno», mi cinguetta alle spalle.

Non ne posso più di diagnosi superficiali come questa. Ognuno si rovina la vita come crede. E poi cosa vuol dire rovinarsi la vita, soffrire per amore? Accorgersi che una persona non era adatta a te non è una sofferenza. Certo, immaginare la persona amata tra le braccia di qualcun altro fa stare male, ma prima o poi passa. Rimuovere è la salvezza, non farsi troppe domande né sugli altri, né, soprattutto, su se stessi.

Io ce l'ho sempre fatta, ho dominato il mio dolore, l'ho trasformato in energia propulsiva, sono sempre riuscito a risistemare i pezzi sulla scacchiera, ho fronteggiato gli imprevisti perché non erano mai del tutto mosse a sorpresa. In ogni circostanza c'erano delle ipotesi e io riuscivo a prevederle, mantenendo il controllo della situazione. Magari pagando, staccando assegni, rendendomi indispensabile.

Ecco perché adesso, per la prima volta nella vita, sto così male. Devo chiedere, devo dipendere e non conosco le regole di questo nuovo e tremendo gioco.

L'aria del Natale la percepisci anche se sei chiuso fra quattro mura. Basta spostare una tenda e guardare in strada, basta sfogliare un giornale o accendere la televisione. Cominciano ad arrivare telefonate e messaggi, c'è gente che saluta perché parte e gente che vuole vedersi a tutti i costi, che deve farsi gli auguri prima dell'anno nuovo.

Carola è in fibrillazione. Ogni volta che rientra a casa ha in mano qualche sacchetto che porta stampato il logo di un negozio alla moda. E naturalmente è sempre al cellulare.

Anche io sento crescere la tensione. Tra pochi giorni, seppure in un luogo diverso, si ricreerà la situazione di un anno fa. Mancherà Massimo, per il resto gli attori saranno gli stessi.

Sarà difficile affrontare l'argomento a viso aperto, ma allo stesso modo sarà impossibile far finta di niente. Eppure nessuno ha osato sottrarsi, né io, né loro.

Sono impaziente, eccitato, spaventato.

E non credo di essere il solo.

XXI

Come sempre mia madre si presenta per prima, prima ancora della padrona di casa, con zia Virginia, e assume la direzione delle operazioni.

Apparecchia la tavola e intanto impartisce ordini a Maria.

«Al solito tuo padre non era pronto», mi dice. «Vanno a prenderlo i ragazzi. Neanche a Natale riesce a essere all'altezza.»

Non le avevo chiesto spiegazioni sul ritardo di papà. Non ne avevo bisogno.

Maria non vede l'ora di andarsene. Appena arrivano Carola e Barbara corre a infilarsi il cappotto.

La mia ex moglie e il suo scudiero si chiudono in camera per cambiarsi. Sento che parlano. Anzi, una parla e l'altra ascolta, al massimo risponde a monosillabi.

Decido di cambiarmi anch'io, lentamente, senza farmi aiutare. Pantaloni, camicia e giacca, per la prima volta dopo un anno.

La giacca la sento un po' stretta. Forse è perché

non sono più abituato a portarla. O forse sono i chili che ho messo su.

Fare il nodo alla cravatta mi risulta impossibile.

Sto fumando. Entra mia madre e spalanca la finestra.

«Che brutta abitudine. Neanche dopo tutto quello che è successo sei riuscito a levartela.»

Ripongo la cravatta prima che le venga in mente di annodarmela al collo lei, come quando ero bambino. Lo faceva senza grazia, con movimenti bruschi. Ne ho un ricordo sgradevole.

Non so bene che comportamento adottare. Decido di aspettare in camera che arrivi mio padre con Giò e Vittorio.

Uno dei miei figli telefona. Lo capisco perché sento Carola che risponde «fate il possibile» e poi dice a mia madre che sono in ritardo. Mia madre si infuria e telefona lei.

«Dobbiamo sempre fare brutte figure?» urla. «Devi per forza farti aspettare?» Poi riaggancia e si rivolge a Carola con voce sconfortata: «Scusa, cara, sai com'è quell'uomo, non riesce a organizzare neanche le cose più semplici. Non c'è mai riuscito».

Alla fine i ragazzi e il nonno, il vecchio, svagato patriarca senza spada e senza gloria, fanno il loro ingresso sulla scena completando il cast.

«Ho dovuto farmi la barba», si giustifica mio padre.

A tavola siamo in otto. Quelli dell'anno scorso meno uno, che occupa sottoterra il posto che, nelle sue intenzioni, sarebbe spettato a me.

Come sempre in questi casi, lo spirito del defunto aleggia sulla compagnia. Carola ne parla come fosse stato un santo, un intellettuale, un illuminato.

Barbara trattiene le lacrime, la mamma e zia Virginia borbottano che non si può più stare tranquilli con certa gente in giro. Giò reagisce quando la zia scarica sugli immigrati la responsabilità di tutti i mali del mondo d'oggi.

L'atmosfera si scalda e allora Carola decide di calare il jolly. Mi ero domandato quanto avrebbe aspettato a farlo.

«Giorgio ha una bella novità da comunicarci. Su, di' qualcosa.»

Gli occhi di tutti si concentrano su di me. Io rimango in silenzio.

«Adesso fa il difficile, ma vi assicuro che è capace.»

«Ci sto provando», dico.

L'unico a mostrare assieme allo stupore un po' di felicità è Vittorio.

«Papà, è bellissimo, sapevo che ce l'avresti fatta. Era un blocco, dovevi uscirne piano piano da solo.»

«E da quant'è che parli?» interviene Giò. «Ti sei allenato da solo? Chi è che ha avuto l'anteprima? Irina o hai chiamato qualche tua vecchia fiamma?

Magari quella ragazzina che ronza tutti i giorni qua sotto? In fondo il meglio lo hai sempre riservato alle tue ammiratrici.»

«Quale ragazzina?» domanda Carola. «Credevo che almeno per quest'anno tu avessi deposto le armi.»

«Ma no, mamma, sta' tranquilla», dice Giò. «È roba vecchia. Quanto a donne papà può permettersi di vivere di rendita.»

Sembra che tutti abbiano più voglia di commentare che non di sentire cosa dico, come sto, cosa ho dentro.

Arrivano i primi e io mi verso un bicchiere di vino rosso. Lo bevo tutto, lentamente, sorridendo. Mi pulisco la bocca e ripeto l'operazione.

«Bevi, bevi, ricordati quello che è successo l'anno scorso», dice mia madre, ma un attimo dopo sobbalza sulla sedia con un gridolino.

Ho dato un pugno sul tavolo con tutte le mie poche forze. Nello sguardo di zia Virginia lo spavento si mescola al biasimo.

«Cos'è successo?» urlo. «Ditemelo voi cos'è successo l'anno scorso.»

La mia voce esce rauca, ma così potente che stupisce anche me. Tutti hanno capito cos'ho detto. Ho scandito le parole.

«Perché questa reazione da selvaggio?» balbetta mia madre. «Vuoi spaventarmi? Vuoi far paura a tutti? Vuoi rovinarci il Natale? Vuoi prenderti la scena, come sempre?»

E si mette a piangere. Si intromette zia Virginia, quella che parla solo per ferire, e mi punta addosso i suoi occhi pieni di risentimento.

«Bravo, sei tornato quello di sempre. Era meglio quando non volevi parlare.»

Ripeto la domanda. A bassa voce, lentamente.

«Voglio sapere cosa è successo la notte di Natale dell'anno scorso.»

È Carola che tenta di prendere in mano la situazione.

«Lo sai benissimo», dice, «ma visto che fingi di non ricordare ti rinfresco la memoria. Ti sei ubriacato, per usare un eufemismo, e non voglio sapere se avevi preso qualcos'altro. Noi ce ne siamo andati perché lo spettacolo non era dei più gradevoli, soprattutto per dei genitori e per dei figli. Poi ci ha chiamato la polizia perché un signore dalla finestra di fronte ha sentito un colpo e ti ha visto riverso sul tavolo. Ti sei sparato. I motivi li conosci tu. Forse hai fatto un bilancio della tua vita, che in quel momento non ti sarà sembrata granché.»

«Io non mi sono sparato. Non mi sarei mai sparato. A differenza di quanto sembrate credere, non ne avevo alcun motivo.»

«Ne sei sicuro?» interviene Giò. «Non ho mai

pensato che tu fossi un uomo davvero felice. Quella notte sicuramente non lo eri.»

«Non ho detto che ero felice. Ho detto che non mi sarei mai sparato.»

«Allora diccelo tu cosa è successo. Di tempo per pensare ne hai avuto, mi sembra. Visto che vuoi parlare di questo, dicci le tue conclusioni, papà.»

«È da voi che voglio sapere come sono andate le cose.»

Carola perde la pazienza, cerca di tagliare corto.

«La polizia ha fatto le sue indagini, ha fatto i rilevamenti, ci ha massacrato per giorni e giorni e alla fine si è pronunciata: tentato suicidio.»

«Una soluzione che vi ha soddisfatto completamente, a quanto pare.»

«Ti ripeto che non eri in possesso delle tue facoltà.»

Grazie Giò, come sempre. Grazie, figlio mio.

Sono già stanco, non pensavo che sarebbe stato così faticoso. E Carola non ha ancora finito.

«Va bene, poniamo per assurdo che la verità sia un'altra. Tu non ti sei sparato. Ti ha sparato qualcuno. Questo qualcuno doveva avere le chiavi di casa tua, a meno che in un momento di temporanea lucidità tu sia riuscito ad aprirgli la porta. Nel qual caso hai solo l'imbarazzo della scelta. Metti in fila le donne che hai ingannato, i fidanzati e i mariti ai quali hai fatto un torto, i colleghi che hai snobbato, i produttori cui hai voltato le spalle e magari anche gli amici dai quali ti sei allontanato. Non so se in un anno ti sono venuti in mente tutti.»

«Ma di cosa stai parlando? Di chi?»

«Di tutte le persone cui hai fatto del male e che potrebbero odiarti abbastanza da volerti morto.»

«Mi siete venuti in mente voi.»

Scende un silenzio pesante. Che a sorpresa è rotto da mio padre.

«Meno male che te ne rendi conto. Di me ti sei dimenticato subito. Bastava poco e invece hai pensato solo a te.»

«Tu sta' zitto», lo redarguisce mia madre. «Il primo a dimenticarsi di te sei stato tu stesso.»

«Vado a prendere il secondo. Così cambiamo discorso. C'è il pesce, spero vada bene a tutti», dice Carola alzandosi.

La sua ex suocera, che non si sente ex per niente, le risponde fissando me, suo figlio, negli occhi.

«Certo, tesoro, quello che fai tu va sempre bene. Porta...»

«Ma se non abbiamo nemmeno toccato il primo», la interrompo; ho l'impressione di vomitare rabbia. «Io non mi sono sparato e voi lo sapete.»

Incrocio lo sguardo di Vittorio, che abbassa la testa.

«Hai deciso di tormentarci tutta la sera?» reagisce mia madre. «Hai aspettato questo momento per un anno, sei stato senza parlare fino a oggi per stupirci con uno dei tuoi colpi di scena. Hai passato un anno da solo, avresti dovuto mettere a frutto tutto questo tempo. Pensare a come hai condotto la tua vita, pentirti, riflettere.»

«Pregare», si inserisce zia Virginia.

«Certo, pregare, perché no. Chiedere scusa ai tuoi figli e alla loro mamma. Creare i presupposti per una vita nuova, migliore. Invece eccoti qui con i tuoi sospetti. Cosa vuoi dirci, su, avanti.» Una lacrima le solca la guancia sinistra.

«Vedi, papà», riprende Giò in tono conciliante, quasi parlasse a un interdetto o a un criminale irrecuperabile, «quello che la nonna sta cercando di dirti è che dovresti domandarti perché ti sono successe certe cose. Dovresti riflettere su una vita in cui ti sei occupato solo di te, delle tue soddisfazioni e del tuo piacere. Sei sempre stato egoista, anche quando aprivi il portafoglio. Quello che ci hai dato di materiale ce l'hai dato per sentirti buono e superiore, per renderci tutti dipendenti. Nel frattempo hai abbandonato una donna che credeva in te dopo averle fatto fare una vita d'inferno, hai trattato i tuoi figli come dei giocattoli che ti piacevano a corrente alternata e hai considerato i tuoi genitori come una fastidiosa appendice del passato.»

«Il male torna sempre indietro», gli fa eco mia madre.

«Il punto non è "come è successo". Il punto è "come hai vissuto"», conclude Giò.

L'unico che prova a difendermi è Vittorio.

«Ma voi siete tutti perfetti? Non avete niente da rimproverarvi?»

«Non ci provare, fratellino. Tu sei più vittima di noi. Perché non hai capito. Hai continuato a cercarlo, a giustificarlo, a perdonarlo. Hai sprecato la vita a rincorrere una persona che esiste solo nella tua immaginazione.»

«Non credo di essere stato male come pensate. In questo momento state peggio voi.»

«Perché dovremmo stare peggio?» salta su Carola. «Cosa ne sai di quanto ho pagato io? Cosa ne sai di notti buttate ad aspettare, sapendo dov'era senza avere il coraggio di chiederlo? Di anni spesi a cercare di ricominciare, staccando un cordone ombelicale annodato al collo, con la paura di fare un passo da sola, con il terrore di dare fiducia a un altro uomo che avrebbe potuto rivelarsi uguale? Non è vero che la colpa è sempre di tutti e due. Non in questo caso. Io non mi sento in colpa.»

«Sicura, mamma? Siete tutti sicuri? Qui nessuno si sente in colpa?»

Barbara scoppia a piangere.

«Io mi sento in colpa verso Massimo. Mi manca. Era una persona meravigliosa che avrebbe fatto qualsiasi cosa pur di farmi stare bene. E qualcuno l'ha ammazzato.»

«Il male torna sempre indietro, vero?» le rispondo guardandola dritta negli occhi.

«Massimo non è il male! Ha avuto solo la sfortuna di innamorarsi di me e di entrare in questa storia. Di venire a contatto con questa... famiglia.»

Mi battono le tempie. Ho bevuto troppo, ho mangiato male, ho fumato in continuazione. Sento un dolore alla bocca dello stomaco.

Carola afferra la mano dell'amica.

«Mi dispiace», le sussurra.

«Ti dispiace per lei e basta?» dico.

«Tu hai raccolto quello che hai seminato. Massimo no.»

«Vittorio, anche tu non hai niente da dirmi?» La mia voce spaventa me per primo.

Non sono più capace di dirigerla.

Vittorio si alza. È irriconoscibile, sembra ancora più magro; uno spettro che fa paura per quanto ha paura.

«Qui tutti devono dirti qualcosa, ma non parla nessuno. Nonna, zia, dite quello che non avete detto. Mamma, perché non ci parli del dolce che hai comprato da Bindi? Nonna, dicci della messa di mezzanotte. Sei pronta? Sei coperta bene? Nonno, raccontaci se hai dormito, ti è guarito il raffreddore? E tu, Giò, finisci di spiegarci i tuoi nuovi progetti. E poi dobbiamo parlare ancora un po' di Massimo, di quanto era buono… Troppo buono. Non sapeva dire di no, qualsiasi cosa gli si chiedesse…»

Mi alzo in piedi, ma è come se un diretto mi avesse centrato in pieno. Barcollo. Cerco le corde e trovo una sedia che non mi dà sostegno. La rovescio a terra. Non sento il rumore, lo vedo nel viso degli altri. Li passo in rassegna a uno a uno.

Perfino Giò non ha il coraggio di incontrare i miei occhi.

Zia Virginia fissa immobile un punto davanti a sé, sembra Göring a Norimberga.

Nel suo scellerato non sentirsi in colpa c'è qualcosa che deve apparirle eroico.

Mio padre scruta nel vuoto con un sorriso amaro, appena meno assente del solito. Barbara e mia madre piangono, la prima senza freni, a singhiozzi, la seconda perduta nel fazzoletto. Carola guarda i suoi figli con il viso trasfigurato.

Giò si versa da bere.

Sento il rumore di una testata contro il muro. È Vittorio.

«Papà, io sono andato via. Io non c'ero.»

Il dolore allo stomaco è diventato insopportabile. Faccio due passi verso la finestra, mi piego in avanti, con le mani sul ventre. Sono in ginocchio.

L'ultima cosa che vedo sono le scarpe di mio padre, sempre le stesse, nere, con le stringhe, e i suoi calzini grigi lievemente arrotolati; non è mai stato capace di tirarli su del tutto. È la stessa immagine che mi balzava agli occhi da bambino, quando giocavo sul pavimento della sala e lo vedevo passare accanto a me, un gigante di stoffa e silenzi poco interessato alle mie macchinine.

Cado con la faccia a venti centimetri da quei calzini.

Mi vedo dall'alto. Ma non provo dolore. E neanche angoscia, paura o curiosità.

Da qualche parte suonano delle campane. È l'ora della messa.

Non si può morire la notte di Natale.

RINGRAZIAMENTI

Grazie a Stefania Alati, Giovanni Favero, Francesco Colombo per aver creduto da subito in questo libro.
Grazie a Roberta Cremonesi, coordinatrice della mia vita professionale.
Grazie a quelli che lavorano con me, qualsiasi lavoro io stia facendo.

Pepe Nero

Massimiliano Comparin, *I cento veli*
Gianluca Arrighi, *Vincolo di sangue*
Caroline Graham, *Morte di un uomo da poco*
Rebecca Coleman, *La scuola dei giochi segreti*
Stella Rimington, *Azione illegale*
Franco Cuomo, *Il tradimento del templare*
Bianca Garavelli, *Le terzine perdute di Dante*
Enrico Ruggeri, *Non si può morire la notte di Natale*

Stampato nel novembre 2012
per conto di Baldini Castoldi Dalai *editore* S.p.A.
da *Grafica Veneta* S.p.A. - Trebaseleghe (PD)